KB146005

말을 캐는 시간

말을 캐는 시간

서해문집 청소년문학 012

초판 1쇄 인쇄 2021년 4월 15일
초판 1쇄 발행 2021년 4월 20일

지은이　　윤혜숙
펴낸이　　이영선
책임편집　김종훈

편집　　　이일규 김선정 김문정 김종훈 이민재 김영아 김연수 이현정 차소영
디자인　　김회량 이보아
독자본부　김일신 김진규 정혜영 박정래 손미경 김동욱

펴낸곳 서해문집 | 출판등록 1989년 3월 16일(제406-2005-000047호)
주소 경기도 파주시 광인사길 217(파주출판도시)
전화 (031)955-7470 | 팩스 (031)955-7469
홈페이지 www.booksea.co.kr | 이메일 shmj21@hanmail.net

이 도서는 경기도, 경기문화재단의 문예진흥기금으로 발간되었습니다.

서해문집
청소년문학
012

말을 캐는 시간

윤혜숙 장편소설

서해문집

차례

변심

유리창을 넘어온 햇살이 반질반질한 책상에 부딪혀 사방으로 퍼졌다. 출석부와 책을 챙겨 교실을 나가던 박 선생과 민위의 눈이 마주쳤다. 민위는 허리를 꼿꼿하게 세우며 박 선생의 눈길을 피하지 않았다.

'아직도 포기가 안 되는 걸까?'

민위는 이마를 찡그렸다. 생각을 읽기라도 한 듯 박 선생이 입꼬리를 말며 어색하게 웃었다.

'문예부에 들어오라니… 조선어 수업도 언제 없어질지 모르는데.'

민위는 조선어 교과서를 책상 속에 넣었다. 조선어 수업이 반토막 나더니 올해 들어서는 아예 없앨 거라는 말까지 공공연하게 나돌았다. 그런 상황에서도 박 선생은 문예부를 포기하지 않았다. 교장 선생님이 외국인이어서 총독부에서 마구잡이로 밀어붙일 수는 없다고 믿는 건가? 민위는 그런 박 선생이 미련 떠는 것 같아 답답했다.

새 학기가 시작되자마자 박 선생은 틈만 나면 문예부에 들어오라고 민위를 꼬드겼다.

"너같이 작문에 소질 있는 우등생이 들어오면 문예부도 힘 좀 받는 건데…."

박 선생은 '문예부'라는 말에 잔뜩 힘을 넣었다. 그 정도로는 민위의 마음을 움직이지 못할 거라는 걸 아는지 박 선생은 큼큼 목청을 가다듬었다.

"경성제대 가려면 죽자고 공부해도 힘들다는 걸 선생님도 잘 아시잖아요?"

핑계처럼 둘러댔지만 솔직한 마음이었다. 민위는 어디에서든 튀어나온 못이 되고 싶지 않았다. 조선 아이들의 모임에 끼어 '불령선인'이라는 꼬리를 달고 학적부에 오점을 남기는 것도 원치 않았고, 무엇보다 다른 선생들 눈에 날 일은 더더욱 만들고 싶지 않았다. 당연히 박 선생의 어떤 사탕발림도 귀에 들어오지 않았다.

"네 실력이면 입학이야 하겠지만 제대 졸업해도 취직하는 건 하늘의 별 따기야. 기껏해야 경성부청 말단 서기쯤 되겠지. 그게 조선인의 현실이야. 하지만 네 글이 신문에 실리고 그걸 조선 사람들이 읽는다면 그것도 멋진 일 아니겠냐?"

기껏 글쟁이나 되자고 죽자 사자 공부한 게 아니었다. 덕이 아재한테도, 조합장한테도 그들의 선택이 틀리지 않았다는 걸 증명하고 싶었다. 소작농으로 힘겹게 사는 아버지한테도, 동네 사람들한테도 번듯하게 성공한 모습을 보여 주고 싶었다. 경성 아이들처럼 과외를 받지 않고도 상위권을 유지할 수 있었던 것은 시간을 쪼개 가며 공부한 덕분이었다. 대학 졸업장을 받고도 본정 거리의 어두운 카페 구석에서 시간을 죽이는 룸펜들이 1년 새 배나 늘었다는 신문 기사에 민위가 시큰둥했던 이유도 그래서였다.

한 달이 지나도록 별말 없어 민위는 드디어 포기했나 싶어 내심 고맙기까지 했다.

진즉부터 엉덩이를 들썩이던 아이들은 종례가 끝나기 무섭게 뒷문을 빠져나갔다. 옥돌장(당구장)으로, 창경원으로 콧바람 쐬러 몰려갈 게 뻔했다. 이제는 빈말로라도 민위에게 같이 가자고 치근대는 아이는 없었다.

"민위 형, 정말 문예부 안 들어올 거예요? 다들 기대하는 눈치던데…."

교문을 나서는 민위 앞을 남석이 막아섰다. 남석은 광장시장에서 꽤 규모 있는 포목점 아들이었다.

"박 선생님이 너한테 부탁했어?"

"아니, 아니에요."

남석이 펄쩍 뛰며 손을 해해 저었다.

민위가 마당에 들어서자마자 민숙이 다급하게 방에서 뛰어나
왔다.

"덕이 아재가 경성역 낏다점(다방)에서 기다리신대. 나도 가고
싶다."

커피 마시는 시늉까지 하며 민숙이 수선을 떨었다. 얼핏 보기에
도 통치마 길이가 눈에 띄게 짧았다. 뽀얀 얼굴을 보니 작은어머니
의 분첩도 슬쩍한 모양이었다.

"나 때문에 늦어서 어떡하지?"

"정 미안하면 저번에 부탁한 거 들어주면 되지."

잔뜩 말꼬리를 늘이며 민숙이 들러붙었다. 여학생 연합 모임에
서 만난 노리코 이야기를 꺼내려는 게 분명했다. 민위가 탐탁지 않
은 눈치를 보이자 민숙은 하나 마나 한 말을 또 했다.

"그 언니 아버지가 백화점 상무님이야. 얼마나 똑똑하고 예쁜지
오빠도 한눈에 반할 걸. 조선말도 유창하고 시 읽는 것도 엄청 좋
아하고…."

"난 연애 같은 데 관심 없어. 그럴 처지도 아니고."

"당장 답하지 않아도 된다니까."

포기가 되지 않는지 민숙이 대문까지 따라오며 쫑알거렸다.

민위는 전차를 탔다. 춘천행 버스가 출발하는 청량리도 아니고
자기를 보러 예까지 왔다니 잠시도 느릿할 수 없었다. 남산에서 날

아오는 봄꽃 향기가 코끝을 간질였다.

"좀 이른 저녁 괜찮지?"

덕이 아재가 다짜고짜 역 앞 국밥집으로 민위를 끌고 들어갔다. 잘 다린 와이셔츠와 넥타이까지 맨 말끔한 덕이 아재의 모습이 낯설어 민위는 자꾸 눈길이 갔다. 점심때를 넘긴 탓인지 국밥집은 한산했다. 덕이 아재가 설렁탕 두 그릇을 주문했다.

"이번 시험에서도 일등 했다며? 네가 일등 했는데 내가 더 좋더라고. 네 덕에 조합장 어른한테 면도 서고…."

덕이 아재가 말하는 조합장 어른은 한때는 우두수리조합에서 주사로 일했던 송 영감이었다. 주사로 일하며 무슨 수를 벌였는지 야금야금 마을 사람들의 농지를 사들이더니 이제는 신동면 농지의 절반을 차지했다. 몇 해 전에는 아예 마을 한복판에 서른 칸이 넘는 기와집을 짓고 행랑채에 덕이 아재 식구를 불러들였다. 농업학교를 졸업한 젊은 중견인이었던 덕이 아재는 송 영감의 마름이 되었다. 그때부터 덕이 아재는 송 영감을 조합장 어른이라고 불렀다.

"세상에서 젤로 쉬운 게 말로 마음을 얻는 거야. 조합에 다닌 게 아예 없는 일도 아니고."

덕이 아재는 이름뿐인 벼슬 하나 달아 주는 게 뭐 힘든 일이냐며, 사람은 제 이름 앞에 달린 지위에 맞춰 사는 법이라며, 송 영감도 예전처럼 마구잡이로 굴지 못할 거라고 했다. 송 영감이 마을 사람들이 짐작하는 것보다 훨씬 큰 부자라고 알려진 건 큰 집을 열 채 넘게 사들이고 동대문에 눌러앉으면서부터였다. 민위가 작은집에서 괄시받지 않고 더부살이를 하게 된 것도 덕이 아재가 민위를 거둬 준다는 조건으로 작은아버지에게 송 영감의 집사 일을 맡을 수 있게 다리를 놓았기 때문이었다.

"아무리 생각해도 돌아가신 네 할아버지의 혜안이 놀랍지 뭐냐."

덕이 아재의 뜬금없는 말에 민위는 멈칫했다.

"네 증조할아버지 묘를 근철이네 선산으로 옮긴 거 말이다. 향교가 내려다보이는 명당자리라고 다들 그랬잖아."

민위는 덕이 아재의 공치사라면 언제라도 기꺼이 들어 줄 생각이었다. 덕이 아재 말대로 증조할아버지 덕분에 민위의 공부 길이 열린 거라고 쑤군거리는 것도 사실이니까.

'우리 손자만 잘되문 내는 암시랑도 않다'며 할아버지는 펄쩍 뛰는 아버지를 주저앉혔다.

"조상님 묘를 잘 써야 가문이 일어서는 법이다. 이번 한식 전에 이장할 거니까 그리 알아라."

민위가 열 살 되던 해, 지게를 지고 집을 나선 할아버지는 다음 날 늦은 저녁에야 집에 돌아왔다.

"다 잘될 거다. 조상님들이 그리되게 해 주실 거다."

민위가 보통학교를 졸업할 무렵 할아버지의 유언은 그대로 현실이 됐다.

　공부는 보통학교로 끝날 줄 알았는데 경성에 있는 고보에 다니게 된 것도 할아버지가 자신을 이끈 것 같았다. 물론 그런 데에는 덕이 아재의 공이 가장 컸다.

　대공황 이후 총독부가 박차를 가한 농촌진흥운동은 농촌에 새바람을 일으켰다. 저수지를 만들고 품종을 개량하고 화학비료를 써 쌀 생산량은 두 배 가까이 늘었지만 일본으로 빠져나가는 쌀은 예전보다 다섯 배나 늘었다. 뼈 빠지게 일해도 소작인들은 거의 대부분을 세금으로 뜯겼고 도시로 밤도망을 가거나 꿈의 땅인 만주나 북간도로 떠났다. 도시에서 지게 품팔이나 식모살이를 하는 게 농촌에서 하루 한 끼도 배부르게 못 먹는 것보다 낫다는 생각 때문이었다. 부랴부랴 총독부는 농촌진흥회를 조직하고 보통학교를 졸업한 청년들을 중견인으로 포섭했다. 그들은 농민들을 달래고 고향에 남도록 독려하는 역할을 맡았다. 농업학교를 우등으로 졸업한 덕이 아재가 중견인이 되었을 때도, 송 영감의 마름 일을 맡았을 때도 동네 사람들은 다들 자식 일처럼 기뻐했다. 소작농의 아들이니 농사꾼 마음을 누구보다 잘 알 거라며 모두 덕이 아재를 든든한 바람막이로 여겼다.

　동네 수재였던 민위를 후원하면 소작인들의 마음을 얻고 총독부 눈에도 들 거라고 덕이 아재는 송 영감을 설득했다.

　"창제도 있는데 왜 나를 추천했대요?"

"네가 창제보다 공부도 훨씬 낫고, 창제 아버지도 창제를 멀리 보내는 거 마음에 걸려 했다더라."

아버지한테 들은 그 말이 전부였다. 어렸을 때부터 덕이 아재를 따르기도 했지만 그 일 이후 민위는 덕이 아재를 친형처럼 믿고 의지했다. 군내 주재소나 면사무소 서기들은 물론 동네 이장조차 덕이 아재 말이라면 팥으로 메주를 쑨다 해도 믿었다. 그 일로 가뜩이나 별로 사이가 안 좋았던 창제와의 관계는 더 껄끄러워졌다.

"아재한테는 평생 갚아도 못 갚을 은혜를 입었어요."

그 말은 진심이었다. 덕이 아재가 아니었다면 지금의 고보생 민위는 없었을 테니까.

"그런 공치사 듣자고 한 일 아니야. 사람마다 잘하는 일을 해야 한다는 게 내 생각이다. 넌 공부 잘하고 나와 네 아버지는 농사 잘 지으면 그것으로 충분히 괜찮은 인생이지 않겠냐?"

숟가락 가득 국밥을 뜨며 덕이 아재가 사람 좋은 웃음을 지었다.

"어머니 아버지는 잘 지내시죠? 민국이는 학교 잘 다녀요?"

"다들 안녕하시지. 민국이가 저도 경성으로 보내 달라고 강짜를 부리는 통에 형님이 곤혹스러워 한다만. 아무데서나 저 할 나름이라고 달래는 중이니 걱정 마라."

'나 하나도 버거운데 민국이까지 올라오면?'

민위는 민국이 이야기를 꺼낸 걸 후회했다.

"경성엔 어쩐 일이세요? 한창 바쁠 철이잖아요?"

"조합장 어른도 뵙고 필요한 물건도 좀 사려고 왔지. 낮에 식산 은행 경성 지점장이 미쓰코시 백화점 상무를 소개해 주셔서 인사를 나눴지 뭐냐."

"미쓰코시 백화점요?"

"그 집 딸이 네 또래라더라. 여름방학 때 조선 여행을 하고 싶다 해서 내가 네 얘기를 좀 해 줬다. 백화점 하나쯤 생기면 춘천도 중견 도시가 될 테고, 백화점 정도면 괜찮은 직장이지 않겠냐?"

덕이 아재가 이리저리 둘러 얘기하긴 했지만 민위에게 결국 조합장한테 생색낼 만한 데 취직하라는 말처럼 들렸다. 덕이 아재의 속내가 빤히 읽혔다. 민위는 경성부청 말단 주사를 하더라도 춘천에는 절대 내려가고 싶지 않았다. 그런 내색을 들키지 않으려고 민위는 국밥 그릇으로 얼른 시선을 돌렸다.

"참, 너 박 선생님의 제안을 거절했다며?"

"그걸 어떻게 아셨어요?"

"조합장 어른이 엄한 소리 할까 봐 가끔 학교에 전화해 보거든. 성적은 떨어지지 않았는지, 별일은 없는지 보고하는 거 몰랐지? 놀랐냐?"

민위는 순간 세상에 공짜가 없다는 말이 퍼뜩 떠올랐다. 투자자들이야 당연히 투자한 데가 적당한지, 이익은 나는지 궁금할 테니까. 어림짐작은 하고 있었지만 이런 식으로 사실을 확인받으니 당황스럽고 언짢았다. 덕이 아재 역시 조합장한테서 돈 받는 사람인

걸 깜박했다는 생각까지 들었다. 경구대회 우승 메달이라도 안겨 줘야 하는 걸까? 방학 때마다 성적표를 보여 주는 것으로는 부족할 수 있다는 걸 생각하지 못한 자기 탓이다 싶기도 했다.

"박 선생 말이 네가 제법 글솜씨가 있다던데…. 문예지에 농장 어른이 마을 사람들에게 베푼 은덕이 많다, 그런 글이 실리면 조합장 어른도 좋아할 테고 널 추천한 나도 낯이 서긴 하겠지만. 그냥 해 본 말이니 마음에 두진 마라."

덕이 아재가 어설프게 발뺌을 했다.

설렁탕이 반이나 남았는데도 민위는 슬그머니 숟가락을 내려놓았다. 그런 민위를 보고도 덕이 아재는 별말 하지 않았다. 국물까지 다 비운 후에야 덕이 아재가 떠보듯 물었다.

"박 선생이 조선어학회 회원이라는 게 좀 마음에 걸린다만…. 너도 그거 알고 있었냐?"

벌써 민위가 문예부에 들어갈 거라고 믿는 모양이었다. 그제야 민위는 박 선생이 조선어학회 회원인 것과 문예부 사이에 무슨 연관이 있겠다 싶었다. 문예부에 들어오라고 하면서 박 선생이 제일 먼저 꺼낸 말도 두 해 동안 휴간 상태인 교지를 복간할 예정이라는 것이었다.

"조선어로 말이에요? 그게 가능해요?"

"당연히 총독부 학무과가 반대할 테니 합법적으로 할 수 있는 다른 방법을 찾아봐야겠지."

한글 교지 발간은 일본의 황국신민화를 내세우는 총독부 정책에 위배되는 일이었다. 민위는 생각 많은 얼굴로 조선어 교본을 쓰다듬던 박 선생이 떠올라 입맛이 썼다.

  "아는 형사한테 들으니 춘천에도 독서회 모임 하는 학생들이 있다고 하더라. 요즘엔 독서회 없는 학교도 없고 문예부라면 학교에서 만든 모임이니 크게 문제될 건 없을 거다. 안 그러냐?"

  덕이 아재는 버스 시간이 다 됐다며 서둘러 자리에서 일어났다.

  "문예부 들어가는 거, 다시 한 번 생각해 봐라."

  민위의 어깨를 두드리며 덕이 아재가 말했다.

연애편지

드르륵.

1교시가 끝났을 때 교실 문이 열렸다. 역시나 규태였다. 늘 그렇듯 누구 하나 얼굴조차 들지 않았다. 규태는 삐딱하게 쓴 교모를 바로잡고는 곧장 민위 앞으로 향했다.

"너한테 볼일이 있나 본데?"

옆자리 급장이 민위 쪽으로 몸을 잔뜩 기울였다. 민위는 뜨악한 눈빛으로 규태를 쳐다보고는 이내 책으로 눈을 돌렸다.

심규태.

종로경찰서 순사부장의 아들. 선생들까지 어쩌지 못하는 '불량 학생'이라고 쑤군댔지만 시샘이나 부러움의 대상과는 한참 멀었다. 규태는 삐딱하게 앉아 있다가 수업 종이 치기 무섭게 뛰쳐나가기 일쑤였다. 공부에 관심 없을 뿐, 아이들이 쑤군대는 불량스러움과는 거리가 멀었다. 순사부장이 아버지라고 유세 떨지도 않았고,

주먹패들과 싸웠다는 소문 같은 것도 없었다. 학생 관람 금지인 영화를 보다가, 옥돌장 앞에서 순찰 중이던 훈육 담당 선생에게 걸리는 게 고작이었다.

규태가 받는 특별 대접이라면 다른 아이들처럼 반성문을 쓰고 변소 청소 같은 처벌에서 예외라는 것 정도였다. 다들 친한 척하지도 않았지만 그렇다고 드러나게 무시하지도 않는 어정쩡한 태도로 규태를 대했다.

"얘기 좀 하자."

"금방 수업 시작이야. 나중에 해라."

민위의 말투가 뻐딱했다. 시답잖은 일 때문에 공부에 방해받고 싶지 않았다.

"다음 시간은 자습할 거니까 수업은 걱정 마…."

잔뜩 폼을 재며 규태가 어깨를 들먹였다.

"학무부에 볼일 있다고 선생님께서 자습하라고 하셨어. 근데 넌 어떻게 알았냐?"

쭈뼛대던 급장이 볼록해진 눈을 치켜떴다.

"나갈래? 말래?"

규태는 뻗대듯 물었다. 민위에게 아이들의 시선이 쏟아졌다. 성가신 일은 피할 게 아니라 아예 싹부터 잘라야겠다 싶어 민위는 자리에서 일어났다.

"간단하게 해라."

규태는 앞서서 지하 1층으로 성큼성큼 내려갔다. 체육실에서 몰려나오던 아이들이 규태와 민위를 힐끔대며 지나갔다.

"나도 문예부에 끼워 줘."

느닷없는 말에 민위의 눈이 빼주름해졌다.

"뭐?"

어울리지 않게 문예부라니, 민위는 잘못 들었나 싶어 어리둥절했다.

"거기 들어가면 편지 잘 쓸 수 있다던데, 진짜야?"

"고작 그런 이유로 문예부에 들어간다고? 정말 어이없다. 그리고 난 문예부 들어갈 생각 없어."

"정말로?"

하늘이 무너진 것 같은 규태 얼굴에 민위는 콧방귀가 나올 지경이었다.

"편지라면 잘 쓰는 것보다 진솔하게 마음을 담으면 되는 거라고 생각하는데."

"당연히 그랬지. 사흘 밤을 썼다 지우고. 내 딴엔 온 마음을 다해 썼는데도 소용없었어. 답장 한 번 못 받았다니까. 진심 어쩌고 하는 네 말은 나한테는 안 맞아."

펄펄 뛸 줄 알았더니 고분고분, 풀죽은 목소리여서 민위는 맥이 빠졌다.

"너 설마, 그 편지라는 게 연서였어?"

“이제 알아들었나 보네.”

히죽거리는 규태의 얼굴이 벌겋게 달아올랐다.

“그런 거라면 문예부보다 도서관에 가 보는 게 빠를 텐데?”

“도서관?”

“연애편지만 모아 놓은 책이 있다니까 한번 찾아보든지. 그럼 볼일 끝난 거지?”

대단한 걸 기대한 건 아니었지만 무작정 따라나선 자신에게, 또 이렇게 쓸데없는 말에 일일이 대답하는 스스로가 짜증나 민위의 이마가 절로 구겨졌다.

“《사랑의 불꽃》이야 진즉 봤지. 보기만 했겠냐? 아주 조금 베꼈는데 그걸 어떻게 알고 편지를 족족 되돌려 보내던 걸.”

당장 돌아갈 듯한 민위의 기세에 당황했는지 규태가 말까지 더듬거렸다. 어찌나 진지한지 민위는 야멸차게 군 게 미안할 지경이었다. 민위는 그 책을 읽은 적도 본 적도 없었다. 연애편지 19통을 모은 책인데 처음 나왔을 때는 하루에 30~40부가 팔릴 만큼 베스트셀러였다는 말을 민숙한테서 들었을 뿐이다.

“굳이 그 여자애여야 할 이유라도 있는 거야? 연서만 잘 쓴다고 달라질 것도 없어 보이는데.”

순사부장의 아들이라는 거 빼고, 별로 내세울 게 없는 규태였다. 생긴 건 그렇다 쳐도 얼굴에 분화구처럼 솟은 여드름이 규태를 더 불량스러워 보이게 만들었다. 어설픈 불량 학생인 줄만 알았더니

★ 21

고작 연애편지 때문에 문예부에 들어오겠다니, 민위는 어이없고 황당했다.

"그 여자애가 아니면 안 되니까 이렇게 사정하는 거지. 네가 그냥 박 선생님한테 말만 잘해 주면 돼. 어려운 일도 아니잖아."

"그렇게 절박하면 네가 직접 박 선생님한테 말하면 되잖아?"

"당연히 그랬지. 그런데….'"

뒷말은 들어 보나 마나였다. 수업에도 불성실한 규태가 문예부 일이라고 잘 해낼 거라는 확신이 없었을 테고, 무엇보다 순사부장 아들이라는 것도 거절의 이유가 됐을 거였다.

"연애편지 따위를 잘 쓰려고 문예부에 들어가겠다고 그러면 선생님이 얼씨구나 좋다 그러시겠다. 너도 참 생각이라는 걸 하고 살아라."

부드러워진 민위 말에 힘을 얻었는지 규태는 민위에게 바짝 붙어 섰다.

"그럼 글을 잘 쓰고 싶다고 그럴까? 우리 학교 출신의 시인이나 소설가들 많잖아. 소월도 있고 나도향 작가도 있고. 그 여자애가 시를 아주 좋아해…. 일본 시 말고 조선 시. 그중에서도 소월과 정지용 시를 진짜 좋아한다는 거야. 문예부에만 넣어 주면 나도 가만 안 있을게."

규태가 사정이라도 하듯 손바닥을 마주 비볐다. 모던걸에 빠져 집안과 등진 채 룸펜처럼 사는 사내들 얘기가 흔한 세상이었다. 그런 거에 비하면 규태의 연사는 귀엽기까지 했다.

"너 지금 나한테 뇌물 쓰겠다는 거야?"

"네가 원한다면 당연히 그 정도는 해야지. 과외 자리도 소개시켜 줄 수 있어."

과외라는 말에 민위의 가슴이 빠르게 뛰었다. 과외비를 받으면 고향집에도 보내고, 말은 안 하지만 민위를 군식구처럼 불편해 하는 작은아버지한테 떡하니 밥값도 낼 수 있고, 민국이 학비에 보탤 수도 있고…. 민위는 짧은 순간 아직 손에 들어오지도 않은 돈의 용도를 이리저리 재 보는 자신이 어이없어 헛웃음이 났다.

"어떻게 친구를 가르치냐?"

정말 돈만 받는다면 규태라고 못 가르칠 것도 없었다. 마음과는 달리 민위의 입에서는 엉뚱한 소리가 튀어나왔다.

"누가 나라고 했어? 우리 집에 과외가 필요한 애가 또 있거든. 하여튼 박 선생님한테 잘 얘기해 줄 거지? 믿어도 되는 거지?"

민위가 어물대는 사이 규태가 못을 박듯 말했다.

"어, 어…, 그게…."

대답은 듣지도 않고 규태는 머리 위로 손을 흔들며 교실 쪽으로 향했다.

교무실로 들어서는 민위에게 선생들의 시선이 꽂혔다.

"민위 군이 여긴 어쩐 일인가…. 오늘은 해가 서쪽에서 떴나 보네."

영어과 선생이 느물거렸다. 지난해 전국 순위고사에서 민위가 전국 10등이라는 성적을 거둔 일은 학교의 자랑이었다. 선생들이 괜찮은 과외를 주선해 주겠다는 둥 공부 비법이 뭐냐는 둥 치근덕 댔지만 민위는 흘려들었다. 박 선생은 고개를 들기는커녕 자리에 서 움쩍도 않았다. 박 선생은 교무실 안에 떠 있는 외로운 섬 같았 다. 언제 수업 과목에서 빠질지 모를 조선어처럼.

서류 뭉치를 책상 서랍에 넣고서야 박 선생이 아는 척을 했다.

"나 보러 온 건가?"

책상 사이로 걸어가는 동안 민위는 선생들에게 까닥 인사를 했다.

"다시 볼 일 없을 줄 알았는데, 웬일이지?"

시큰둥한 말투와는 다르게 박 선생은 민위 앞으로 의자를 바짝 끌어당겼다. 책상 위 공책에 쓰인 '문예부' 글자를 보는 순간 민위 는 뜨끔했다. 민위는 눈 둘 곳을 찾다가 유리창 밖을 넘겨다보았 다. 4월 지나면서 회화나무 잎들이 진초록으로 바뀌고 담쟁이덩굴 도 무성해졌다.

박 선생은 펼쳐진 공책 위를 손가락으로 톡톡 두드렸다. 며칠 전과는 사뭇 다르게 느긋한 모습이었다. 내친걸음이었다. 민위는 마음을 다잡듯 심호흡을 했다.

"아직도 선생님 제안이 유효하다면 규태와 같이 문예부에 들어

가고 싶습니다."

손짓을 멈칫하며 박 선생이 민위를 빤히 올려다보았다.

"왜 갑자기 마음이 바뀐 거지?"

"고보 시절에 괜찮은 추억을 만들 수… 아니 공부에 방해되는 일은 아닌 것 같아서요."

횡설수설하는 민위가 민망하지 않게 박 선생은 표정 하나 흐트러지지 않았다. 한참 뜸을 들이고서야 박 선생은 공부에 크게 지장 없을 거라며, 고맙다는 말을 덧붙였다. 민위 역시 하나를 얻으려면 하나를 내주는 게 세상 이치라 생각하니 한결 마음이 가벼워졌다.

"혹시 규태가 같이 들어가자고 한 건 아니지?"

박 선생의 갑작스러운 물음에 민위는 둘러댈 틈을 놓쳤다. 박 선생이 책꽂이에서 교지를 꺼내며 낮게 중얼거렸다.

"규태 녀석 꽤 쓸 만한데. 내가 그렇게 꼬드길 때는 꿈쩍 않던 널 제 발로 오게 만들다니 말이야."

"규태가 이상한 말 한 건 아니고요?"

박 선생의 입가에 설핏 웃음이 떠올랐다.

"다짜고짜 문예부에 넣어 달라고 조르던 걸. 무조건 안 된다고 했지. 책하고만 담 쌓은 게 아니고 애들하고도 잘 어울리지 못하는 눈치던데, 괜히 문예부 분위기만 흐리면 큰일이지 않겠냐. 별 기대 없이 널 데리고 오면 고려해 보겠다고 했더니 이렇게 됐네. 규태가 열심히 해 주면 좋겠지만…. 널 데리고 온 것만으로도 제 역할을 다한 셈이지 뭐."

제 발로 덫에 걸려든 꼴이라니…. 민위는 절로 무릎이 꺾였다. 손 한 번 안 쓰고 두 마리 토끼를 잡은 박 선생은 즐거운 비명이라도 질러야 할 것 같은데 얼굴은 별로 밝지 않았다.

"규태랑 같이하는 거, 넌 괜찮겠냐?"

"먼저 나서서 하겠다는 걸 보면 단단히 마음을 먹은 모양이에요. 굳이 같이 못 할 것도 없다고 생각해요."

연애편지 때문에 문예부에 들어오겠다던 규태 말이 떠올라 입 안에 쓴웃음이 고였다.

"규태가 들어오면 총독부 감시가 좀 느슨해지려나…."

교지 발간을 주도한 인물이 조선어학회 회원인 박 선생이라는 걸 총독부가 알기라도 한다면 시작하기도 전에 문젯거리가 될지 몰랐다. 그 문예부에 순사부장 아들이 있다면, 쉽게 낙관할 일은 아니지만 나쁜 쪽으로만 생각할 일도 아니었다.

"문예부가요? 아님 선생님이요?"

훅 치고 들어오는 말에 박 선생의 입가에 곤혹스러운 표정이 실렸다.

"그냥 나라고 해 두자. 그럼 회의 때 슬쩍 규태 이야기를 꺼내는 걸로 하는 거다."

박 선생은 준비해 뒀던 문예부 부원 명단을 민위에게 건넸다.

민위가 교무실을 나오자 규태가 기다렸다는 듯 튀어나왔다.

"박 선생님이 너 들어오는 거…."

규태와 박 선생이 짠 대본에 조종당한 것 같아 열불이 났다. 민위의 주먹에 잔뜩 힘이 들어갔다.

"박 선생님이 뭐라고 그래? 네가 같이 들어간대도 안 받아 준대?"

눈썹을 치켜올리며 잔뜩 인상을 썼지만 규태 목소리는 들떠 있었다.

"그건 아니지만…. 네 뜻대로 된 것 같…."

민위 말이 떨어지기 무섭게 규태는 교모를 공중에 던지고 그걸 잡겠다고 훌쩍 뛰어올랐다.

"그렇게 좋냐? 선생님은 네가 못 미더운 눈치던데. 설마 선생님한테까지 연애편지 잘 쓰려고 그런다는 말은 안 했겠지?"

"내가 바보인 줄 알아?"

볼살을 실룩대는 것도 잠시 규태가 의심 가득한 눈으로 민위를 쳐다보았다.

"설마 미주알고주알 고해바친 건 아니겠지?"

"모임에나 늦지 마. 어영부영 시작한 문예부지만 잘해 볼 생각이니까 너도 협조해."

"걱정 마. 너한테 폐 될 일은 안 할 테니까."

규태는 주말에 아버지한테 인사할 시간을 만들겠다며 고맙다는 말도 잊지 않았다.

"시집 사러 백화점 갈 건데 같이 갈래?"

"사양할게."

화신백화점 5층에 있는 서적 코너에는 일본어 책이 대부분이었지만 간혹 조선어판 소설책이나 시집을 구비해 놓기도 했다. 젊은 사내들이 책 살 일도 없으면서 백화점에 뻔질나게 들락거리는 건 순전히 데파트걸(백화점에 근무하는 여성)을 보기 위해서였다.

"필요한 책 있으면 말해. 사다 줄게."

몸보다 마음이 앞서는지 규태의 몸이 휘청거렸다.

"됐어."

등을 보이며 규태는 크게 손을 흔들었다.

순사부장 아들

"시간 맞춰 오는 거 잊지 마. 우리 아버지 은근히 그런 쪼잔한 일에 열 받는 양반이라. 다섯 시까지 오면 돼."

밑도 끝도 없이 철도호텔 양식당으로 오라는 규태의 통보였다. 말로만 듣던 순사부장과의 맞대면이라니 민위의 가슴이 바짝 졸았다.

민위는 일찌감치 집을 나섰다. 경성부청을 지나자 철도호텔이 보였다. 한일병합 다섯 해가 되던 해 총독부는 조선과의 평화적인 병합을 선전할 목적으로 경복궁에서 조선물산공진회를 열었다. 그때 경성을 찾아온 내외국인들의 숙박을 위해 환구단 자리에 호텔을 세운 것이다.

양식당 입구는 눈 둘 데 없을 만큼 화려했다. 백화점 건물이야 오가며 많이 봤지만 양식당에 온 건 처음이었다. 너무 일찍 도착한 티를 내지 않으려고 민위는 호텔 뒤뜰로 나갔다. 서양식 빌딩에 비해 3층의 팔각정 환궁우는 턱없이 초라했다. 과외 자리를 구걸하러 온 자신을 보는 것 같아 씁쓸했다. 환궁우 주위를 몇 바퀴 돌고 서야 민위는 다시 정문으로 들어갔다.

제복 차림의 웨이터가 달려와 민위를 식당 안으로 안내했다. 원형 테이블을 가운데 두고 사복 차림의 규태는 등을 돌리고 앉아 있고 민숙 또래의 여고생, 민국이 또래의 아이가 부부와 함께 앉아 있었다. 발을 떼려는 순간 오가는 언성에 민위는 멈칫 섰다. 무슨 이야기 중이었는지는 다음 말로 대충 짐작이 갔다.

"규희도 모던걸인데 그 정도는 모른 척 넘어가 주셔도 되잖아요?"

"오라버니라서 여동생을 감싸 주려는 건 안다만…. 그래도 아닌 건 아니지."

심 부장의 말투는 부드러웠다. 듣던 것과는 달리 심 부장은 규태 말은 잘 받아 주는 모양이었다. 아랫사람들에게 무지막지하다는 소문이 진짜일까 싶을 정도로, 규태 아버지는 어릴 때 봤던 주재소 순사들과는 어딘가 모르게 달랐다. 살짝 위로 꼬리를 올린 콧수염이 둥그스름한 얼굴이 가진 유약함을 가려 주는 듯했다.

"얌전히 신부 수업을 받다가 좋은 자리 봐서 시집가는 게 아버지한테 효도하는 거야."

심 부장의 목소리가 묘하게 높아졌다. 규희가 입을 샐쭉대며 볼멘소리를 했다.

"요새는 다들 자유연애 하는데, 얼굴도 안 본 신랑이랑 어떻게 살아요?"

"그건 규희 말이 맞는 것 같은데요. 저도⋯."

여드름 딱지를 손끝으로 긁어내며 규태가 거들고 나섰다.

"연애쟁이 오빠도 그렇다잖아요?"

규태 말에 규희가 의기양양했다. 교복 대신 입은 하늘하늘한 블라우스 때문인지 규희는 숙녀 티를 물씬 풍겼다. 의자 옆에 얌전히 놓여 있는 명품 핸드백에 자꾸 눈길을 보내는 게 이상하게 보이지 않을 정도로.

"규희 정도면 제국대 출신의 판사나 세브란스 나온 의사도 신랑감으로 잡을 수 있지만 결혼은⋯."

아이 어머니가 끼어들자 규희가 냉큼 말을 잘랐다.

"많이 배운 남정네들은 여자를 우습게 알고, 부잣집 남정네들은 예쁜 기생들한테 홀딱 빠져 본부인을 헌신짝처럼 버린다 하던데요 뭐."

"네가 뭘 안다고?"

심 부장의 얼굴이 붉으락푸르락했다.

"잡지에 매달 실려요. 모던걸이라면 그런 건 읽어 줘야 한다고요. 아마 규성 엄마도 볼 걸요?"

규성 어머니가 당황해서 눈초리가 사나워졌다.

"아직도 규성 엄마냐? 벌써 십 년 넘게 아버지랑 같이 산 사람이야."

"죽은 우리 엄마 불쌍해서 그렇게 못 해요."

규희의 눈가가 확 붉어졌다.

"긴 말 할 것 없다. 너한테 어울리는 혼처를 알아보고 있으니까 조신하게 지내도록 해. 듣자 하니 뻔질나게 영화관 들락거린다며? 설마 이상한 애들이랑 어울리는 건 아니지?"

심 부장이 규희에게 눈을 부라렸다. 옆에 앉은 규태가 규희를 향해 어깨를 으쓱했다.

"영화관은 오빠나 드나들지 난 그런 데 관심 없으니 걱정 말아요…. 그런데 민위 오빠는 왜 안 오는 걸까요?"

규희가 잔뜩 부운 얼굴로 식탁보를 만지작거렸다. 맨송맨송하게 앉아 있던 규성이 입구를 향해 고개를 돌렸다. 규성이와 민위의 눈이 마주쳤다.

"저기… 저 형 같은데요."

심 부장이 속을 알 수 없는 눈으로 민위를 훑어보았다.

"우리 얘기 다 들은 건 아니죠? 혹시 들었어도 그거 다 아버지 생각이니까 신경 쓰지 말아요."

규희가 발갛게 달아오른 얼굴을 두 손으로 가렸다.

심 부장이 주문한 값비싼 요리들이 차례대로 나왔다. 희멀건 죽 같은 것에 버무린 스파게티라는 것과 구수한 냄새를 풍기는 빵, 노란 단무지 그리고 이름도 알지 못하는 요리들이 식탁 위를 가득 채웠다. 민위는 처음 보는 음식들이 놀랍고 신기했다. 양복과 양장을 쫙 빼입은 사람들 틈에 교복 차림의 자신이 신경 쓰이기도 했다. 이만한 일에 기죽지 말자 싶으면서도 자꾸 목이 탔다. 양식당인데도 외국인들은 별로 보이지 않았다. 기모노를 차려입은 여자들은 더러 있었다.

민위는 촌스러운 티를 내지 않으려고 능숙하게 나이프와 포크를 다루는 규태를 눈치껏 따라 했다. 이런 양식당은 처음이라는 민위의 말에 규희가 거짓말 아니냐며, 손놀림이 수십 번은 다녀 본 것 같다며 우스갯소리를 했다.

민위는 돈가스의 고소한 맛이 내내 돌아 몇 번이나 되새김질했다. 쉽게 잊히지 않을 맛이었다.

"민위 오빠는 우등생이래요. 규태 오빠랑은 차원이 달라요."

규희가 민위와 규성 어머니를 번갈아 보며 입을 오물거렸다. 제 딴엔 이 자리가 어색한 자신을 도와주려는 규희의 마음을 짐작하면서도 부담스럽긴 매한가지였다.

"너 왜 그 얘기 하면서 얼굴이 빨개지냐? 너 혹시… 아서라. 얜 규성이 선생님이라고."

규태가 놀리자 절대 아니라며, 넘겨짚지 말라고 규희가 앙알거렸다.

"앞으로 규성이 잘 부탁해요. 아직 어려서 천방지축인데 동생처럼 대해 주고 잘 이끌어 주실 거죠?"

규성 어머니가 실눈에 웃음을 담으며 말했다. 규성이가 동생 또래라 그런지 민위는 정이 갔다.

"형이랑 같이 공부하는 거 좋아요. 아버지, 저도 고보에 꼭 붙을 게요."

야무진 욕심을 내는 규성이 때문에 민위는 바짝 언 마음이 풀렸다. 공부는 죽어도 싫다 뻗대면 시작하기도 전에 진이 빠졌을 것이다.

"오월 어멈한테 별채를 치워 두라고 했는데. 언제 들어올 수 있어요?"

규성 어머니의 말에 심 부장이 끼어들며 말렸다.

"내가 고보 근처에 작은 방을 얻어 볼까 하는데, 괜찮겠나?"

심 부장의 말에 규태가 '아!' 하며 손가락을 우두둑 꺾었다. 민위의 얼굴이 순간 흐려졌다.

"뭘 번거롭게 그렇게까지 해요. 집에 노는 방이 몇인데."

별로 내키지 않는지 규성 어머니가 입을 달싹였다.

"저는 지금처럼 작은아버지 댁에서 오가는 게 더 편합니다. 그게 사람들 눈에 덜 띌 것 같기도 하고요."

"순사부장이 입주 과외 들였다고 말 나면 공직자한테는 치명타가 될 수 있다, 그러나…. 역시 아버지답게 일 처리가 깔끔하시다니까."

규태가 민위 말에 맞장구를 치자 심 부장이 흐뭇한 미소를 지었다. 입주 과외까지는 부담스러웠던 민위도 가슴을 쓸어내렸다. 어떤 식으로든 송 영감의 귀에라도 말이 들어가면 춘천으로 돌아가야 할지도 몰랐다. 그걸 감수할 만큼 민위는 무모하지 않았다.

"민위 학생이 좀 수고스럽겠지만 규성이 아버지 말씀대로 해 주실 거죠? 그 대신 보수는 넉넉하게 드릴게요."

"배려해 주셔서 고맙습니다. 사실 저도 입주 과외는 좀 부담스러웠거든요."

규성 어머니의 낯빛이 밝아졌다.

문예부 아이들

문예부 모임이 있는 날, 규태는 하루 내내 책상 위에 이마를 붙인 채 꼼짝 않았다.

'죽어라 시를 읽는다고 없던 글재주가 생기는 것도 아닐 텐데, 하여튼 별난 녀석이야.'

교실에 앉아 있는 것도 놀라운데, 이번 주엔 지각도 한 번 안 했다. 며칠 저러다 말지 싶었는데 벌써 사흘째 저러는 걸 보면 단단히 작정한 모양이었다. 선생들도 어디 아픈 것 아니냐, 아프면 조퇴하라고 해도 규태는 고개를 가로저었다. 수학 시간에도 영어 시간에도 내내 시집만 들여다보는데도 선생들은 별말 하지 않았다. 규태니까 받는 특별 혜택일 테지만.

종례가 끝나자 교실 안이 시끌벅적했다. 자리에서 일어서는 아이, 가방을 싸는 아이, 무슨 얘기 끝에 키득거리는 아이…. 아이들이 차례로 교실을 빠져나가자 민위도 천천히 가방을 챙겼다. 어디로 내뺐는지 진즉부터 규태 자리는 비어 있었다.

민위는 문예부 모임이 있는 동관으로 향했다. 아이들에게 문예부 동아리실은 다락방으로 통했다. 민위는 나무 계단을 천천히 세며 올라갔다. 일주일이 멀다 하고 파라핀 먹인 걸레로 닦아서인지 나무 계단은 반짝반짝 윤이 났다. 계단 위로 부드러운 햇살이 번졌다.

다락방 안에는 부원들이 모여 웅성대고 있었다.

"다들 너무 열심이야. 벌써 다 와 있더라고."

책장 안을 기웃대던 규태가 돌아서며 말했다. 책장에는 서른 권이 넘는 옛 교지 이외에도 이곳 출신의 소설가, 시인 들의 책들이 줄지어 꽂혀 있었다.

'내빼듯 도망치더니 기껏 여기 온 거였어?'

"민위 형, 함께할 수 있어서 너무 좋아요."

포목점 아들 남석이 반가움을 온몸으로 드러냈다. 기다렸다는 듯 아이들이 민위를 둘러쌌다.

"부장, 어떻게 된 거야? 부원 명단에는 없었잖아?"

"저 형은 여기 왜 온 거예요?"

"박 선생님이 허락한 일이에요? 여긴 아무나 들어오는 데가 아니잖아요?"

아이들이 한마디씩 했지만 민위는 아무 대꾸도 하지 않았다. 박 선생이 미리 보여 준 문예부 부원들의 명단을 보고 민위는 참 이상한 조합이다, 그렇게 생각했다. 규태와 남석이만 빼고 하나같이 지방에서 올라온 유학생들이었다. 강원도, 평안도, 경상도, 전라도 심지어는 멀리 제주에서 온 아이도 끼어 있었다. 아이들로부터 문예부장 추천을 받았을 때도, 아이들이 표 나게 좋아했다는 박 선생의 말을 들었을 때도 민위는 마냥 좋지 않았다.

아이들의 말처럼 따위 관심 없다는 듯 규태는 책장에 바짝 얼굴을 들이밀었다. 민위가 다가서자 손가락으로 딱 소리를 내며 히죽 웃기까지 했다.

"분위기 좀 익혀 두려고 먼저 왔는데, 실례인가? 이왕 시작한 거 괜찮은 부원이 돼 보려고. 너희 정말 여기 꽂힌 책들 다 읽을 작정이야?"

규태는 아이들을 둘러보며 능글맞게 웃었다.

"읽는 건 기본이고 글도 써야 하는데 괜찮겠어? 대충 이름만 올릴 생각이라면 지금이라도 포기하는 게 좋을 거야."

한수가 못마땅한 얼굴로 이죽거렸다. 매일 한 편씩 시를 안 쓰면 입에 가시가 돋는다는 한수였다. 최한수라는 이름보다 '시한수'라는 별명으로 더 유명했다. 병약해 보이는 마른 몸매와 가느다랗고 긴 눈망울이 시인 같은 느낌을 풍기는 아이였다. 올해에도 중앙지 시 본심에 오른 최한수의 명성에 홀려 문예부에 들어온 아이도 있었다.

"나도 시 써야 하는 거야? 연애편지라면 좀 써 봤는데, 그것도 돼?"

"연애편지?"

규태의 느물거림에 아이들이 키득거렸다.

"저런, 모지리…."

군산 출신의 준성이가 구시렁대며 얼굴을 찡그렸다. 교실에서는 경성 말을 쓰다가도 아이들은 속을 들키고 싶지 않거나 곤혹스러운 상황을 피하고 싶을 때 방언(사투리)을 썼다. 지금 준성이 그렇듯.

"모조리 뭐 어떻다고 우거지상인데요?"

준성에게 대들 듯한 남석의 말투에 가시가 돋쳤다.

"모지리…. 날 두고 하는 말 같지?"

이상한 낌새라도 느낀 건지 규태가 민위 귀에다 낮게 속삭였다. 민위는 어깨만 쌜긋했다.

"문예부에 들어오면 시를 매우, 잘 쓰게 된다는 말인 것 같은데요 뭐…."

규태를 보며 기진이 어물쩍 말끝을 흐렸다. 민위는 기진이 사는 원산에서는 '모지리'가 '매우, 잘' 뭐 그런 뜻인가 어림짐작할 뿐이었다. '모지리'라는 한 마디로 시작된 술렁거림이 자칫하면 험악한 상황으로까지 번질까 싶어 민위는 마음이 불안불안했다.

"나한테 이렇게 관심이 많을 줄은 몰랐어. 문예부에 들어오길 잘한 것 같아. 내가 누군지 다들 아는 눈치니까. 따로 인사 안 해도 되겠지?"

썰렁한 분위기를 깨려는 듯 규태가 너스레를 떨었다. 규태에게로 쏠렸던 떨떠름한 시선과 쑤군거림은 박 선생이 들어서자 언제 그랬냐 싶게 뚝 그쳤다.

"자, 모두 착석! 규태 군도 벌써 와 있었군."

박 선생의 목소리가 전에 없이 밝았다. 민위와 규태를 향해 박 선생이 찡긋 눈짓을 보냈다. 아이들이 하나둘 의자를 끌어당겨 탁자 앞에 앉았다. 규태도 뒷머리를 긁적이며 의자에 엉덩이를 걸쳤다.

"선생님, 어떻게 된 일입니까? 규태 형도 그럼….."

"규태 군이 문예부에 들어오고 싶어 한다는 민위 군의 말을 듣고 내가 먼저 부원들의 의견을 물어보자 그랬네. 한수 군? 문예부가 가입을 원하는 모든 학생에게 기회를 줘야 한다는 데 이견이 있나?"

"없습니다."

아이들의 눈이 한수에게 쏠렸다. 한수가 그렇게 나오자 아이들도 드러내놓고 싫은 기색을 하지 못했다.

"그런데 규태 군은 왜 문예부에 들어오고 싶은 건가?"

"시를 쓰겠…. 시에 대해 알고 싶어요. 진짜 멋진 연애시 써 보려고요."

규태가 1초도 머뭇대지 않고 말했다. 민위는 규태의 머리라도 쥐어박고 싶은 심정이었다.

'굳이 그런 말을 왜 하는 거야.'

민위는 얼굴이 일그러지는 박 선생을 놓치지 않았다.

"연애시래, 연애시!"

다시 후배 몇이 키득거렸다. 그 바람에 딱딱하던 분위기가 한결 누그러지긴 했다.

"연애시라면 역시 바이런인데, 안 그래요?"

한수의 입가에 어린 비웃음이 뻘쭘했는지 남석이 뒷머리를 긁적였다.

"바, 바이론⋯. 그거 한 번 보여 주라."

멍청한 건지 아니면 솔직한 건지, 아이들 모두 규태를 쳐다봤다. 저렇게 분위기 파악을 못 할 줄은 몰랐다.

"바이론이 아니라 바이런. 정말 시를 쓰고 싶은 거 맞아요? 바이런도 모르면서⋯."

남석이 걸고넘어지자 규태가 마른세수로 얼굴을 쓸어내렸다.

"지금은 못 쓰지만, 여러분이 도와주면 금방 잘 쓸 수 있을 것 같아. 앞으로 잘 부탁해."

규태가 웃음으로 얼버무리며 아이들을 둘러보았다.

"열심히 하겠다는데 나오지 말라고 그럴 수도 없고. 규태 군이 문예부에 들어오는 것에 이견 있는 사람은 기회는 이번 한 번뿐이니까 심사숙고해서 말하길."

박 선생의 말에 아이들은 입을 닫고 서로 눈치만 보았다. 민위 역시 무슨 꿍꿍이일까 머릿속이 뒤숭숭했다.

"전 반대합니다. 문예부에서 교지를 복간하실 거라 들었는데….
그게 바깥으로 새어 나가면 문예부의 존폐도 장담할 수 없잖습니
까?"

내내 부루퉁하던 준성이 벼르던 말을 내뱉었다.

"안 받아 주면 규태 형 아버지한테 보복당하는 건가요?"

묵묵히 있던 아래 학년 아이들 틈에서 조금씩 불평이 터져 나
왔다.

"이건 아버지랑 상관없는 일이니 절대 그런 일 없어. 난 정말 시
를 쓰고 싶은 거라고."

"그것도 연애시를?"

한수의 되물음에 규태가 크게 고개를 끄덕였다.

"연애시는 누구한테 바치려고?"

"점찍어 둔 아가씨가 형 싫다고 그래요?"

"감히 순사부장 아들을 거부하다니, 그 아가씨 간덩이가 부었
나 봐."

규태를 받아 주냐 마냐의 문제가 아니라 점점 규태의 연애로 관
심이 쏠렸다. 규태가 다니는 끽다점이 어디 있는지, 옥돌 점수는
얼마나 되는지 아이들의 질문이 끝없이 쏟아졌다.

"다들 규태 군 연애에 관심이 많은 모양이군. 연애 감정이 시를
쓰는 데 도움이 되기는 하지. 규태 군의 합류에 반대하는 사람이

없는 걸로 알고, 규태 군은 앞으로 문예부원답게 행동해 주길 바라네."

아이들을 잠자코 지켜보던 박 선생이 단칼에 아이들의 뒷말을 끊어 냈다.

"여러분, 선생님 모두 고맙습니다. 열심히 따라가겠습니다."

규태가 목소리를 높이고는 이내 깍듯하게 절했다. 어수선한 분위기 속에서 규태의 신고식이 끝났다.

"저건 어떻게 해요?"

남석이 가리키는 책장 쪽으로 아이들이 목을 뺐다.

"뭔데?"

뜨악해 하는 아이들의 시선을 느꼈는지 남석이 자리에서 일어났다.

"제가 여기 처음 왔는데요, 조금 뒤에 근처 제과점 점원이 저걸 들고 왔어요. 시킨 적 없다고 했더니 누가 시간 맞춰 가져다 달라고 했대요."

남석이 책장 뒤에서 꾸러미를 들고 나왔다. 아이들의 눈이 휘둥그레졌다.

"난 책 보면 금방 배가 꺼지더라고. 무슨 일이든 배가 든든해야겠다 싶어 내가 부탁했어. 실은 여러분이 반대하면 뇌물로 쓰려고 했던 건데, 흐흐흐."

규태가 선선히 꾸러미를 펼쳤다. 여기저기에서 침 넘기는 소리가 들렸다.

"그것도 괜찮겠는데. 이왕 준비한 거니 먹으면서 자유롭게 의견을 나누도록 하지."

박 선생이 먼저 바구니 안에서 도넛 하나를 집어들었다.

"이 도넛, 본정의 일본 제과점에서 파는 거 아냐?"

"정말? 난 한 번도 못 먹어 봤는데…."

아이들도 슬금슬금 바구니 안으로 손을 들이밀었다. 남석이 멀뚱히 서 있는 민위에게 빵 하나를 건넸다.

"자, 그럼 회의를 시작해 볼까? 규태 군, 교지를 읽어 본 소감이 어떤가?"

민위는 대놓고 규태를 문예부원 취급하는 박 선생이 고맙기도 하고 어이없기도 했다. 아이들이 규태를 일제히 쳐다보았다. 지난 2주 동안 경성도서관이나 문예부실을 다니며 여러 학교의 교지를 들춰 보았던 부원들은 규태가 무슨 말을 할지 잔뜩 기대하는 얼굴이었다.

"교지 몇 권을 봤는데 재미없었어요. 읽으면 즐겁고 힘이 팍팍 생기는 그런 내용이 많으면 좋을 텐데…."

"그렇게 생각할 수도 있지."

연애 이야기 같은 건 없으니 당연히 재미없을 테지. 박 선생이 보여 준 반응에 규태는 어깨를 추었다. 뭘 알고 떠드는 건지, 아니면 미리 입이라도 맞춘 건지 두 사람은 죽이 잘 맞았다.

"우스갯소리라면 신문 만평이나 야담 같은 잡지를 봐야지, 안 그래?"

한수가 찬물을 끼얹었다. 비꼬는 말이라는 걸 모르는 건지, 알면서도 모른 척하는 건지 규태가 히죽 웃었다.

"요즘 아가씨들은 커피 사 주고 창경원 같은 데 데려가 주는 것보다 재미있는 이야기 들려주는 걸 더 좋아하는 거 모르지? 역시 연애시를 많이 읽어서 그런지 감각이 남달라. 앞으로 우리 잘 지내보자."

규태는 어리둥절해하는 한수의 손을 잡고 흔들었다.

"교지를 재미로 보는 건 아니니까. 그것 말고 얘기하고 싶은 건 없나?"

"결정적으로 우리 이야기가 너무 없어요. 교지는 학교가 아니라 학생을 위해 만드는 거 아닌가요?"

규태가 또 나섰다. 뭐야? 저 녀석! 굴러 온 돌이 잘난 척은. 민위는 그런 규태가 이상하게 밉지 않았다.

"우리 이야기?"

그냥 무시해도 될 말을 박 선생은 진지하게 되물었다. 아이들과 어울리려 애쓰는 규태가 대견스러워 그러는 걸까? 아이들 몇도 눈을 반짝였다.

"네. 경성제국대도 본국 애들로 채우고 몇 자리만 남겨 두니 조선 학생들끼리 머리 터지게 경쟁해야 하고, 본국에 있는 대학에 가려면 예과로 들어가서 이 년을 더 다녀야 합니다. 이런 불합리한 대학 입시에 대한 우리 의견은 한 마디도 실려 있지 않더라고요. 내선일체 어쩌고 하면서 이건 명백한 차별이죠. 대놓고 똑똑한 조선 사람 필요 없다는 거잖아요? 어차피 전 대학에 관심도 없지만요."

다들 생각은 하고 있었지만 입 밖으로 내뱉을 엄두도 못 내던 말이었다.

"잘 들었네. 하지만 앞으로 그런 얘기는 하지 않는 게 신상에 좋을 거야. 아무리 자네 아버지가 순사부장이라고 해도 말이지."

박 선생이 규태를 흘깃대며 농담인지 진심인지 애매하게 말했다. 아이들도 불편한 이야기를 계속하고 싶지 않은지 하나같이 입을 굳게 다물었다.

"다음 달 초에는 학무과에서 교지 재발간에 대해 답을 준다니까 그건 그때 가서 얘기하고…."

"허가가 안 나면 어떻게 하실 건가요?"

한수가 따지듯 물었다. 그건 닥쳐 봐야 알 일이라는 박 선생의 말에 아이들의 어깨가 처졌다.

"어떻게 하면 허가가 날까요? 그러려면 총독부에 힘을 쓸 수 있는…."

누군가의 말에 아이들의 눈이 죄 규태에게 꽂혔다.

"우리 아버지한테 그럴 힘도 없지만, 내가 제일 안 좋아하는 사람이 순사부장님이라서…."

규태는 기대 말라는 말로 어물쩍 넘겼다. 내선일체, 불평등 어쩌고 하며 흥분하던 것과는 영 딴판이었다. 아이들의 입에서 피식 바람 소리가 새어 나왔다.

"그건 내가 알아서 할 테니까 너희들은 작문 연습을 해 두면 좋겠고. 그럼 이제 한수가 맡은 꼭지 얘기 좀 들어 볼까?"

"아, 저는 우리나라 학생들이 가장 좋아하는 시에 대해 조사했어요."

한수가 지난주 내내 경성부립도서관과 연희전문 선배들을 찾아다니며 정지용, 선배인 김소월, 얼마 전에 첫 시집을 낸 장안의 미남 시인 백석에 이르기까지 여러 조사를 한 모양이었다. 시라는 말에 헤벌쭉하던 규태는 시간이 갈수록 시무룩해졌다. 귀를 쫑긋 세우며 들어도 사랑 어쩌고, 달콤한 어쩌고, 그런 단어는 한 마디도 안 나왔으니 당연했다.

수고했다는 말과 함께 보완해야 할 점을 박 선생이 꼼꼼하게 지적하는 걸로 어수선했던 회의가 끝났다.

박 선생이 나가고 아이들이 서둘러 다락방을 나설 때까지도 규태는 한수 옆을 알짱거렸다. 한수는 써 온 원고에 고개를 처박고 미동도 안 했다.

"야, 아까 말한 그거, 바이론…. 그 시 좀 보여 주면 안 될까?"

참다못한 규태가 한수 앞 탁자 위를 톡톡 두들겼다.

"바이론인지 바이런인지도 모르는 너한테 내가 왜?"

말은 삐딱한데 한수의 입가에는 연신 웃음이 떠나지 않았다. 한수의 행동에 다급해진 규태가 안달했다.

"내가 어떻게 하면 가르쳐 줄 건데? 혹시 돈 필요해? 내가 옥돌 가르쳐 줄까? 아니면 끽다점 데려가 줄까? 커피 싫으면 쌍화차도 괜찮은데."

규태의 알랑방귀는 끝도 없이 이어졌다. 조선 최고의 시인이 되고 싶은 한수한테 그런 얕은 수가 먹혀들 리 없었다. 그런 민위의 짐작은 한수의 다음 말로 깨져 버렸다.

"좋아하는 여학생이 문학소녀야?"

"응…. 시를 엄청 좋아해."

한수가 어지럽게 널린 종이 더미를 뒤적거리다 종이 한 장을 집어 들었다. 헤벌쭉하는 규태를 올려다보며 한수가 누그러진 목소리로 말했다.

"커피 대신에 백석 시집 사 줘."

"그럴게. 또 필요한 거 있으면 말해."

"이상 시인이 자주 갔던 낙랑파라에도 가고 싶지만… 그건 나중에."

"알았어. 너 가고 싶을 때 언제든지 말해."

규태가 뒤로 의자를 빼고 앉더니 헛기침까지 했다. 민위도 궁금증을 못 참고 고개를 뺐다.

그리운 우리 님의 맑은 노래는

언제나 제 가슴에 젖어 있어요

긴 날을 문 밖에서 서서 들어도
그리운 우리 님의 고운 노래는
해지고 저물도록 귀에 들려요
밤들고 잠들도록 귀에 들려요

고이도 흔들리는 노래가락에
내 잠은 그만이나 깊이 들어요
고적한 잠자리에 홀로 누워도
내 잠은 포스근히 깊이 들어요

그러나 자다 깨면 님의 노래는
하나도 남김없이 잃어버려요
들으면 듣는 대로 님의 노래는
하나도 남김없이 잊고 말아요.

시를 읽어 가던 규태의 얼굴이 점점 일그러졌다.

"바이런 시야?"

"아니. 조선 여학생의 마음을 녹이는 데는 소월 시가 최고지. 왜 마음에 안 들어?"

"마음에 안 든다기보다 아직 좋아한다는 말도 못 했거든."

"당연히 노랫소리는 들어 보지도 못했을 테고. 너 짝사랑인 거지?"

한수 말에 규태는 시무룩한 얼굴로 종이를 내려다보았다.

"시 제목이 뭐야?"

"〈님의 노래〉. 네가 원하는 시가 어떤 건지 말하면 다른 걸로 찾아봐 줄게."

"그 애 눈이 엄청 높아. 되도록 읽는 순간 가슴이 촉촉해지는 그런 시면 좋을 것 같은데."

"다음 모임까지 열 편 정도 찾아올게. 그 대신 알지?"

앙숙처럼 지내면 어쩌나 싶던 민위의 걱정은 완전히 헛다리를 짚은 거였다. 첫날부터 한수와 규태는 몇 년 알아 온 사이처럼 어울렸다.

"왜 하필 백석 시집이야?"

규태가 나간 후 민위는 한수에게 지나가듯 물었다. 사실 민위는 규태가 문예부에 들어오는 걸 가장 껄끄러워 할 부원이 한수라고 생각했다.

"서점에 분명 없을 테지만…. 혹시 규태라면 구할 수 있을까 싶어서. 그래도 명색이 순사부장 아들이잖아."

그러면서 한수가 의뭉을 떨었다. 시집을 베껴 쓰면서 시 쓰기를 배웠다는 한수라 규태가 구하든 못 구하든 그러려니 할 테지만.

낙랑파라

"일요일에 한수와 낙랑파라에 갈 건데 너도 나올래?"

"왜?"

"너한테 부탁할 게 있어서 그래."

무슨 부탁이냐고 민위가 몇 번이나 다그쳤지만 규태는 끝까지 말을 안 했다. 문예부에 들어오면서 규태는 180도 딴사람이 됐다. 지각하는 일도 없고, 수업도 열심이었다. 그런 규태가 수업 끝나기 무섭게 할 일이 있다며 내빼서 말 섞을 틈도 없었다. 난데없이 부탁이라니, 민위는 딱히 거절할 핑계도 없었다.

일요일 아침, 민숙이 집을 나서는 민위를 불러 세웠다.

"오빠도 미모사 알지?"

"《삼천리》잡지에서 보긴 했는데…. 그건 왜?"

그곳은 노자영이라는 이름으로 유명한 시인 노춘성의 아내 이준숙이 운영하는 서점이었다. 시내 중심가는 아니지만 인텔리 층

이 많이 사는 성북정과 명륜정으로 이어지는 동소문 초입에 있는
데다 경성제대뿐만 아니라 동성상업학교 등 학교도 몇 있어 젊은
이들에게 제법 유명했다. 이화여전 음악과를 졸업한 후 교사로 일
했던 이준숙은 잡지 기사에서 '인텔리 여성이 할 만한 일이고 문
학을 좋아하는 자신의 취미와 성격에 맞아서'라고 서점을 연 이유
를 밝히기도 했다.

"요즘 친구들 사이에 《사슴》 시집 갖는 게 유행이거든. 노리코
언니랑 거기에서 만나기로 했는데…."

민숙이 한껏 목소리를 낮춰 민위의 귀에 속살댔다. 한수와 규태
도 모자라 민숙까지 그러는 걸 보니 요즘 백석 시집의 인기가 대
단하긴 한 모양이었다. 《사슴》은 지난해 《조선일보》 교정부 기자
를 그만두고 함흥 영생고보 영어과 교사로 자리를 옮긴 백석이 자
비를 들여 딱 100권 한정판으로 낸 시집이었다. 한수 말로는 고향
선배와 같이 하숙하는 윤동주라는 연희전문 학생도 그 시집을 구
하는 데 실패해서 도서관에서 종일 베껴 썼다고 했다.

"그게 아직 남아 있겠냐?"

또 노리코 얘기냐 싶어 민위는 퉁명스럽게 말했다.

"제대 오빠들이 그 서점 단골이래. 시집은 못 구해도 멋진 오빠
들 구경하면 본전은 건지는 거지 뭐. 저번에 나한테 빚진 거 오늘
갚으면 안 될까?"

"빚진 거?"

“덕이 아재 일….”

“그게 언제 적 얘기인데…. 너도 참.”

“그래서 싫다는 거야?”

“그건 아니지만….”

다방이나 음식점에 들어가서 집에 전화 좀 해 달라며 민숙이 엉겨 붙었다. 민위 말이라면 무조건 믿는 작은아버지를 속이자는 게 마음에 걸렸지만 찰거머리 같은 민숙을 떼어 낼 기회였다. 더구나 과외 일도 그렇고 뭐든 감사의 마음을 전하고 싶던 차에 연애 시집이라면 규태한테 썩 괜찮은 선물이겠다 싶었다.

서점은 전차장에서 그리 멀지 않았다. 미모사는 일요일인데도 사람들로 북적거렸다.

서른을 훌쩍 넘긴 여주인은 젊은 사내들 틈에 둘러싸여 두런두런 얘기를 나누고 있었다. 사람이 들고나는 것을 흘끔거리는 동안에도 웃음소리가 입구까지 들렸다.

민위는 혹시나 하는 마음에 시집들이 놓여 있는 매대 쪽으로 걸음을 옮겼다. 규태가 볼 만한 시집을 찾아볼까 싶어서였다. 시집 제목들을 찬찬히 둘러보던 여학생이 급하게 주인 쪽으로 걸어갔다.

“왜 찾는 시집이 없나요?”

“여기 《사슴》 없나… 봐요?”

“그 시집을 찾는 사람이 많아 백방으로 알아보고 있는데 구하기가 쉽지 않네요."

자연스럽지 않은 억양 때문에 민위는 다시 한 번 여학생의 얼굴을 쳐다보았다. 양 갈래로 땋은 머리에다 유난히 하얀 빛이 도는 피부와 도드라진 광대뼈가 얼핏 일본인처럼 보였다.

'일본인과 조선인 사이에서 태어난 이세인가?'

새하얀 블라우스와 무릎 아래까지 덮은 치마가 '나 본국 사람이야' 하며 일부러라도 세일러복을 챙겨 입는 여느 일본 여학생과는 어딘가 달랐다.

"미남에다가 신문사 기자라서 경성 처녀들이 눈독 들인다는 말을 듣긴 했는데, 일본 아가씨까지 찾는 걸 보면 백석 시인이 정말 인기가 많나 보네요."

여주인은 여학생을 흘끔 보고는 자기 남편도 알아주는 시인이라며 넌지시 운을 뗐다.

"그래도 혹시 모르니 전화번호 남기고 갈게요. 값은 얼마든지 쳐줄 테니 꼭 구해 주세요."

여학생은 다시 한 번 간곡하게 부탁한 후 서점을 빠져나갔다. 민위가 재바르게 여주인에게 다가갔다. 오랫동안 서점을 경영했으니 연애편지 쓰는 데 도움이 될 만한 시집을 잘 알 듯했다. 민위 말을 듣자마자 여주인은 잠깐만 기다리라며 자리를 비웠다.

"이건 남편 시집이에요. 내가 아가씨일 적에 우리 노자영 시인이 선물한 이 시집에 반해 결혼까지 했죠. 친구분한테 분명 도움이 될 거예요. 저한테는 한 권 더 있으니 특별히 예전 가격으로 드리죠."

민위는 꽤나 도도했을 여주인의 마음을 사로잡을 정도면 규태가 마음에 둔 그 여학생도 넘어갈지 모르겠다는 생각까지 들었다. 더구나 10년 전 가격으로 준다니 마다할 이유가 없었다.

낙랑파라는 장곡천정 초입에 있었다. 철도호텔과도 가까웠다.

"한수 오기 전에 너한테 할 말 있어. 어서 들어가자."

규태가 민위 등을 떠밀며 안으로 들어갔다. 낮 시간인데도 다방 안은 담배 연기로 자욱했다. 장안에서 유명하다는 화가, 음악가, 문인 들이 안방처럼 드나든다는 곳이었다. 그들을 보려면 낙랑파라에 가라는 건 공공연한 비밀이었다.

"학생들은 출입 금지인데요."

손님맞이 나온 종업원이 기겁하며 규태 앞을 가로막았다. 이미 반쯤 몸을 뒤로 뺀 민위의 팔을 잡아끌며 규태가 명령하듯 말했다.

"연실 고모님한테 조카가 왔다고 전해 주세요."

고개를 갸웃하던 종업원이 종종걸음으로 사라졌다. 잠시 후 드레스 차림의 마담이 나타났다.

"고모님, 안녕하세요."

마담의 얼굴이 점점 일그러졌다.

"학생 같은데…."

마담이 뭐라고 하기도 전에 규태는 마담을 끌어안다시피 하며 귓가에 뭐라고 속삭였다. 민위의 가슴이 널뛰듯 했다.

"이분들을 저기 안쪽으로 모셔요."

마담의 공손한 말투 때문인지 종업원도 군말 없이 민위와 규태를 1층 구석진 자리로 안내했다.

"도대체 뭐라고 그랬는데 마담이 사색이 된 거야?"

그때까지도 규태의 얼굴에는 능글맞은 웃음이 가시지 않았다.

"아버지한테 들은 얘기를 슬쩍 흘렸을 뿐이야."

무슨 말로 마담의 기를 죽였는지 민위는 전혀 짚이는 데가 없었다.

"여기에서 형사들이 쫓고 있는 공산주의자를 봤다고 그랬지 뭐."

"공산주의자 누구?"

여학생 뒤꽁무니나 쫓아다니는 줄 알았더니 산전수전 다 겪은 마담을 말 한마디로 절절매게 만들다니. 민위는 뿌연 연기 너머로 다방 안을 두리번거렸다.

"약산 김원봉."

"그게 말이 되냐? 그분이 여기 있을 리 없잖아."

민위는 기가 막혀 헛웃음이 났다.

"그분이 워낙 변장에 능해서 아무도 진짜 얼굴을 모른다잖아? 혹시 알아, 중국에 계시다가 조선에서 활동 중인 공산주의자를 만나러 왔을지?"

민위는 규태 말 때문에 마담이 출입을 허락했을 거라고는 생각
하지 않았다.

"부탁할 건 뭔데?"

"이거 좀 전해 달라고."

규태가 주머니에서 꺼낸 것은 두툼한 공책이었다.

"뭔데?"

"《사슴》 필사본."

민위는 놀란 눈으로 규태를 쳐다보았다.

白石 詩集 사슴

공책을 펼치자 〈얼룩소 새끼의 영각〉이라는 제목이 나오고 다
시 한 장을 넘기니 꾹꾹 눌러쓴 글씨의 〈가즈랑집〉이라는 시가 나
타났다.

"시집을 구했던 거야?"

"널 좀 팔았지."

"뭐?"

피가 한꺼번에 몰린 듯 민위의 얼굴이 시뻘겋게 달아올랐다.

"요즘 우리 아버지, 내가 마음잡고 공부하는 줄 아는 데다 규성
이 성적이 많이 올랐잖아. 그게 다 네 덕분이라고 생각하시더라고.
아버지가 너한테 뭔가 해 주고 싶은데 필요한 게 있는지 슬쩍 물

어보라고 하시는 거야."

"난 필요한 거 없는데…."

민위는 그 일과 시집이 어떻게 연결되는지 좀체 가늠할 수 없었다. 민위가 닦달하자 규태는 '민위가 문예부 부장인데 백석의《사슴》시집을 갖고 싶어 한다'고 거짓말을 했다고 그랬다.

시집을 구하려고 수소문하던 중 심 부장은 지금의 조선일보사 사장인 방응모가 고향 후배인 백석의 일본 유학을 도왔다는 사실을 알게 되었다. 아무리 방 사장이 마음에 들지 않더라도 시집 한 권쯤은 방 사장에게 보냈을 거라는 생각에 심 부장은 직접 조선일보사로 찾아갔다. 방 사장은 자기도 한 권밖에 받지 못했다며 영 찜찜한 얼굴이었다.

"한수가 자기도 구할 수 있는 시집을 사 달라고 할 것 같지 않더라고. 그렇게 굉장한 시집이라면 그 여학생도 갖고 싶어 할 거 아냐?"

"그렇게 힘들게 구했다면서 시집은 어디 있어?"

"얼마 전에 돌려줬어. 그분한테는 엄청 소중한 걸 텐데 그냥 쓱싹하긴 좀 그렇더라고."

"이걸 네가 전부 필사했다고?"

민위 목소리가 절로 높아졌다. 연애편지를 잘 쓰고 싶어서 문예부에 들어오겠다고 했을 때는 반쯤 장난이라고 여겼던 게 솔직한 심정이었다.

"응. 한 자도 안 틀리게 쓰느라 며칠 고생 좀 했지."

규태의 순정한 마음이 꾹꾹 눌러쓴 글씨에서 고스란히 묻어났다.

"여기 있었구나."

등 뒤에서 한수 목소리가 들렸다. 그 여학생에게 전해 줄지 말지는 나중 문제고, 한수한테 들키면 규태가 난처할 일이었다. 민위는 부리나케 공책을 등 뒤로 숨겼다.

"저, 저기 맞은편에 있는 사람이 누군지 알아? 정지용이야, 정지용. 여기에서 그분을 뵙다니…."

아직도 흥분이 가시지 않는지 한수의 목소리가 가늘게 떨렸다. 어떻게 들어왔냐고 물어볼 겨를도 없었다. 의자에 엉덩이만 걸친 채 한수는 잔뜩 말소리를 죽이며 정지용 시인에 대해 떠들어 대기 시작했다. 휘문고보 영어 교사로 재직하면서 이상을 문단에 등단시키기도 했다며, 그도 이상을 무척 아꼈다는 둥, 여기 오면 얼마 전에 죽은 이상의 체취를 느낄 수 있을까 하는 기대가 컸다며 숨도 안 쉬고 말했다. 집에서 교복 맞추라고 보낸 돈으로 정지용의 시집을 샀는데 어머니가 아시면 큰일 난다며 안 해도 되는 말까지 했다. 이럴 줄 알았으면 시집을 갖고 와서 사인이라도 받을 걸 하며 내내 아쉬워했다. 자기 인생의 몇 안 되는 기적의 날이라며 들뜬 한수와 달리 민위는 낙랑파라에 앉아 있는 한 시간 내내 좌불안석이었다.

"네가 이 형님의 연애 사업에 이렇게 관심이 있을 줄이야…."

민위가 건넨 시집을 받고 규태의 입이 귀밑까지 찢어졌다.

규태한테 설렁탕까지 얻어먹고 집에 돌아오니 늦은 저녁이었다. 집 앞에 다다라서야 민위는 민숙과의 약속을 깜박한 걸 알았다.

"아, 미안, 미안."

"노리코 언니한테서 다음에 보자고 전화 왔었어. 그러니까 나한테 진 빚은 아직 못 갚은 거야."

민위의 등 뒤에서 민숙이 소리쳤다.

여학생 노리코

토요일 오후, 규성이와 과외 수업이 끝났을 때였다. 민위를 쫓아 나온 규태가 쪽지 하나를 내밀었다.

"지난번에 준 거 여기로 전해 주면 돼."

규태가 내민 쪽지에는 마치무라 교수의 집 주소가 씌어 있었다.

"마치무라 교수의 딸이었어?"

"아니 조카. 눈치껏 공책 건네주면 돼. 잘할 수 있지?"

박 선생이 자기한테 부탁한 건데 자기가 양보하는 거라며 있는 대로 생색을 냈다. 도대체 무슨 얘기를 하는지 도통 모르겠다고 투덜대자 규태가 기묘한 미소를 지었다.

"박 선생님이 마치무라 교수한테 부탁한 게 있대."

조선어에 대해 관심이 많은 마치무라 교수는 자청해서 경성제국대로 온 사람이었다. 얼마 전엔 일본어의 어원이 조선말에 있고, 다수의 일본어가 제주도 사투리와 비슷하고 억양은 경상도 말과 유사하다는 논문을 발표해 조선총독부와 일본 학계를 발칵 뒤집어 놓기도 했다.

"본국으로 불려 가는 것도 그 일 때문인 것 같아. 이참에 너도 인사하면 좋잖아?"

"그럼 네가 가는 게 더 맞지. 간 김에 그 여학생도 만나고."

"야, 순전히 널 위해 필사까지 했다고, 그런 말을 내 입으로 어떻게 하냐?"

규태가 붉어진 얼굴을 들키지 않으려는 듯 민위 눈을 피했다. 심부름보다 논란의 중심에 선 제국대 교수를 볼 수 있다는 생각에 벌써부터 가슴이 뛰었다.

전쟁 준비 때문에 경기가 안 좋다는데도 명치정은 여전히 흥청대는 분위기로 번잡스러웠다. 혼잡한 거리를 빠져나와 민위는 우체국 맞은편 오르막길을 빠르게 올라갔다. 눈깔사탕 가게와 일본 요리점, 잡화상들이 딸깍발이 샌님들이 살았다는 진고개 양쪽으로 즐비했다.

민위는 남산 아랫마을로 들어섰다. 담쟁이넝쿨이 무성한 2층 양옥집이 촘촘히 늘어서 있었다. 잡지에서 본 도쿄의 어느 골목을 옮겨 온 듯했다. 10년 전에는 이곳에 통감부 관저도 있었고, 근처에 조선 신궁이 있다.

지나가던 우체부에게 민위가 쪽지를 보여 주었다. 우체부는 주소를 들여다보고는 찾기 쉬울 거라며 손가락으로 가리켰다. 겉보기에도 마치무라 교수의 집은 그 동네에서 제일 넓었다. 벨을 누르고도 한참을 기다려서야 마흔 살은 훌쩍 넘어 보이는 아주머니가 문을 열어 주었다.

방 안에 들어선 민위는 벽에 걸린 일장기와 천황 사진을 보고 바짝 얼었다. 차렷 자세를 하고 '황국신민서사'를 외쳐야 할지 그냥 모른 척해야 할지 좀체 가늠이 서지 않았다. 어디에선가 들리는 명랑한 목소리가 아니었다면 민위의 고민은 조금 더 길어졌을지 몰랐다.

"금방 나갈게요."

대문에서부터 내내 뒤따라 걷던 아주머니가 뒤꿈치를 바짝 세운 종종걸음으로 이내 부엌으로 향했다.

곧 미닫이문이 열리고 시집을 든 노리코가 나왔다. 그녀를 보는 순간 민위는 눈을 의심했다. 지난주 미모사 서점에서 본 그 여학생이었다.

"마치무라 삼촌이 전해 주라는 책 때문에 오신 거죠?"

노리코는 보조개가 패도록 환하게 웃었다. 억양이 어색하긴 해도 노리코는 또박또박 조선말을 했다. 자신을 빤히 쳐다보는 노리코의 눈을 온전히 받아 내자니 민위는 머릿속에 진땀이 뺐다.

"조선말을 굉장히 잘하시네요?"

"그렇게 들렸다면 정말 기뻐요. 조선말을 잘하려고 노력 중이거든요."

"네?"

일본인이 조선말을 배우다니? 민위는 노리코의 말을 어떻게 받아들여야 할지 헷갈렸다. 가진 자의 교만한 자선인가? 괜히 마음에도 없으면서 시꺼먼 속내를 감춘 채 '나도 조선을 알 만큼 안다'는 식의 뻔한 포장인 것 같아 마음이 껄끄러웠다. 민위의 흔들리는 눈빛을 읽기라도 한 듯 노리코의 볼우물이 깊게 팼다.

"계속 막대기처럼 서 있을 건 아니죠?"

노리코는 민위를 향해 손짓으로 탁자를 가리켰다. 주섬주섬 민위는 탁자 앞에 앉았다. 포마이카 탁자는 얼굴이 비칠 정도로 반질거렸다.

"삼촌한테 규태 대신 다른 학생이 올 거라는 말은 들었는데. 내가 무례… 아니 버릇없이 굴었나요?"

"그런 건 아닌데…."

쩔쩔매는 민위를 보고 노리코가 다시 입꼬리를 올리며 웃었다. 사람을 무장 해제시키는 웃음이었다.

"시를 좋아하시나 봐요?"

민위는 시집을 턱짓으로 가리켰다.

"아, 삼촌 선물이에요. 조선말을 잘 살린 아름다운 시집이라고 얼마나 칭찬하셨는지 몰라요. 어떤 구절은 무슨 뜻인지 모르겠는데도 이상하게 입술을 간질간질하게 해요, 일본어에서는 느낄 수 없는 아름다운 언어예요."

민위가 어리둥절한 얼굴을 하자 노리코는 시집 표지를 보여 주었다. 김소월의 시집 《진달래》였다. 오산학교가 문을 닫자 배재고보에 편입한 후에는 같은 반이었던 소설가 나도향과 친하게 지냈다는 건 한수에게 여러 번 들었다. 언젠가 규태를 붙잡고 연애시란 무엇이냐 하며 장황설을 늘어놓을 때도 한수는 이 시집을 펴들고 있었다.

"민위 군도 이 시집을 아는군요?"

민위는 작정한 것도 아닌데 어느새 한수에게 들은 이야기를 주절주절 늘어놓았다. 재능 많은 시인이었지만 불우한 삶을 살았다는 것과, 오산학교 스승인 김억이 돈을 대서 출판한 시집이라는 것도 말했다. 천재들은 왜 일찍 죽는지 안타깝다며 노리코는 시집을 한참이나 들여다보았다.

"조선어라고 안 그러고 한글이라고 한다면서요?"

공연한 이야기를 했나 싶어 마음이 무거워지려는 순간 노리코가 불쑥 물었다. 오랜만에 들어보는 '한글'이라는 단어가 낯설었다.

"조선어라고 그러면 안 되고 한글이라고 해야 한다. 경술년에 주시경 선생님이 '언문', '조선 문자'라는 명칭 대신에 크다는 뜻을 가진 우리말과 발음이 같고 우리 겨레를 나타내기도 하는 '한(韓)' 자를 넣어서 한글로 하자 하셨지."

박 선생은 '韓'이라는 글자를 칠판 한복판에 썼다.

"'한(韓)'은 가깝게는 '대한제국(大韓帝國)'의 '한(韓)'과 더 멀리는 '삼한(三韓)'의 '한(韓)'과도 잇닿아 있다. 병탄 이후 한동안 이 말을 쓸 수 없어 '한나라말', '한나라글'로 바꾸고 '한나라말'을 줄여 '한말', 우리 겨레의 말글이라는 뜻의 '배달말글'이라고 하다가 지금의 한글로 쓰게 되었지. 한 나라의 말과 글은 그 민족의 얼이요 혼이라 나라를 잃었지만 우리말, 우리글만은 끝까지 지켜내야 한다. 그러니 이 조선어 수업은 공부 그 이상의 의미라는 걸 잊어서는 안 되는 거다."

박 선생이 조선어 첫 수업 시간마다 열띤 어조로 하던 말을 민위는 귓등으로 흘려들었다. 조선어가 선택 과목이 되었을 때도, 수업 시간이 반 토막 날 거라는 말을 들었을 때도 그러려니 했다. 태어날 때부터 민위는 반도에 사는 일본인이라는 말을 귀에 딱지가 앉도록 들어 왔다.

민위는 박 선생한테 들었던 이야기를 더듬어서 주시경 선생이 '한글'이라는 말에 담은 뜻을 노리코에게 들려주었다. 노리코가 일본인이고 마치무라 교수의 조카라는 것 때문에 민위는 더 열을 냈다.

"규태가 모범생이라고 하던데 정말인가 봐요? 꼬박꼬박 존댓말하고…. 참, 집 찾는 데 어렵지 않았나요?"

"아, 예. 조선 신궁 근처라 금방 찾았어요."

민위와 눈이 마주치자 노리코가 시선을 피하지 않고 빤히 쳐다보았다.

"규태하고는 반말해요. 규태가 뜻 맞는 친구라고 하던데, 서로 반말하면 안 될까요? 제가 편하지 않아서요. 그러니까 마음이…."

민위도 같은 생각일 거라 여겼는지 노리코는 낮게 웅얼거렸다. 규태의 말대로 노리코는 거리낌 없고 솔직했다.

"노리코 양이 불편하다면 저도 말 놓겠습… 놓을게. 다른 가족 분은 어디…."

높임말도 반말도 아닌 어정쩡한 민위의 말에 노리코가 빙싯 웃었다.

"부모님은 삼촌과 함께 백화점에 가셨어. 백화점을 다 둘러보려면 꽤 시간 걸릴 거야. 나중에 다시 오면 삼촌 인사시켜 줄게."

"곧 경성 떠날 거라고 들었는데?"

"그래도 방학 전까지는 경성에 계실 거니까. 참, 아주머니, 점심은 어떻게 됐어요?"

노리코가 시집을 책상에 내려놓으며 부엌 쪽으로 고개를 돌렸다. 달가닥거리는 그릇 소리와 구수한 냄새가 집안에 진동했다. 들뜬 마음에 규성 어머니가 점심 먹고 가라는 것도 거절하고 내처 걸어온 터라 민위는 속이 헛헛했다.

"너 온다 그랬더니 아주머니가 손바닥 우동을 끓여 주시겠다고 했어."

"손바닥 우동?"

노리코가 손바닥을 미는 시늉을 했다. 민위는 칼국수를 말하는가 싶어 잠자코 있었다.

"한소끔 더 끓이면 돼요, 아가씨. 곧 내갈게요."

"한소끔?"

노리코가 민위를 쳐다봤지만 민위는 할 말이 없었다.

"너도 무슨 뜻인지 모르나 봐. 한소끔 다음엔 두 소끔? 한 소끔, 두 소끔. 무슨 뜻일까? 이럴 때 사전 같은 게 있으면 좋은데. 조선 사람들은 글자도 있다면서 왜 사전을 안 만드는지 몰라."

노리코가 고개를 갸웃하며 시집을 후루룩 넘겼다. 민위는 얼굴이 화끈 달아올랐다. 그까짓 사전이 뭐길래. 사전 없는 나라의 백성…. 민위는 미개인 취급이라도 받은 듯 묘하게 기분 나빴다.

"이건 손바닥 우동이 아니라 수제비예요. 수제비."

아주머니가 소반을 내려놓으며 다시 일러 주었다.

"아, 맞아, 수제비."

사전 어쩌고 하며 툴툴대던 사람이 맞나 싶게 노리코의 얼굴이 금방 환해졌다. 뚝뚝 뜯어낸 수제비와 맛있게 익은 호박과 감자를 보자 민위는 이내 입안에 군침이 고였다.

"아가씨 덕분에 저도 오랜만에 수제비를 끓여 보았네요. 맛이 어떨지 모르겠지만…. 규태 도련님은 영 안 들르시네요. 요즘엔 그렇게 잦던 연…."

수제비를 담으며 아주머니가 알은체하자 노리코가 얼른 말을 가로챘다.

"무슨 말 하려고…."

노리코의 얼굴이 새빨개졌다. 어서 맛보라는 아주머니 말에 민위가 숟가락을 들며 지나가듯 물었다. 규태의 심부름을 하기에 딱 좋은 때 같았다.

"참, 백석 시집 구했어?"

노리코가 동그란 눈을 치켜떴다. 민위는 지난주 미모사 서점에서 봤다는 얘기를 할까 잠깐 망설였다.

"경성 시내 서점을 다 뒤졌는데 없어. 그나마 총독부 도서관에 있었다는데 누가 벌써 빌려 갔더라고."

"규태는 구했나 보던데…."

민위는 부러 늦장을 부리며 말끝을 질질 끌었다.

"정말? 어떻게? 빌려 달라고 부탁해야겠다."

"그럴 필요 없어. 여기 있으니까."

민위는 공책을 탁자 위에 올려놓았다. 놀란 눈으로 노리코가 공책을 내려다보았다.

"규태가 정말 열심히 시집을 베꼈어."

"그럼 구했다는 시집은 어떻게 했는데?"

그제야 민위는 규태가 시집을 구한 경위와 필사를 하게 된 이유를 말했다. 어쨌든 몹시 힘들게 구한 책이고 마음만 달리 먹으면 돌려주지 않아도 되는데 그러지 않은 것과 한 번도 시를 써 보지 않은 규태가 누군가에게 자기 마음이 닿기를 바라면서 한 자 한 자 시를 필사한 이야기를 했다. 그 누군가가 노리코라는 것만 빼고.

조선어 연구에 도움이 되길 바란다는 마치무라의 말도 꼭 전해 달라며 노리코가 책을 내주었다. 마치무라 교수가 일본 학회지에 발표해 논란을 불러일으킨 바로 그 논문이었다.

소 년 주 필

    다음 문예부 일 때문에 민위는 경성부립도서관을 찾았다. 여러 학교에서 나오는 교지를 살펴볼 만한 데는 거기밖에 없었다. 기미만세운동 이듬해 보성전문학교를 세운 윤익선은 일본인이 운영하던 경성문고의 장서와 지역 유지들이 기증한 책을 모아 도서관을 만들었다. 책도 빌려주고 아낙들과 아이들을 위한 여러 독서 행사까지 벌여 찾는 사람들이 많았다. 도와주는 데 없이 근근이 명맥을 이어오다 결국 운영난을 이기지 못하고 경성부에 매각된 후 지금의 부민관으로 자리를 옮겼다.

    도서관을 나와 한참을 걷다 보니 탑골공원 원각사지 10층석탑의 탑 두부가 보였다. 최초의 시민 공원이기도 한 이곳에서 민위가 태어날 무렵 기미만세운동이 있었다고 했다.

    민위는 승동교회를 지나 인사동 골목으로 접어들었다. 온갖 골동품들을 길가까지 늘어놓은 전방들이 길 양편으로 이어졌다. 대부분 쌀이라도 바꿔 보려고 내놓은 것들이었다. 화첩이나 고문서, 붓통, 벼루에서부터 병풍, 도자기, 자개장까지 조선의 물건이라면 없는 게 없었다. 돈 많은 일본 관리들이나 여행 온 사람들의 선물로 인기가 많다고 했다. 인왕산을 타고 내려온 해거름이 기와지붕을 붉게 물들였다.

"어디 갔다 오는 길인가 보지?"

양복 위에 두루마기를 걸쳐 입은 박 선생은 종이봉투를 들고 있었다. 박 선생의 집이 천변 근처라고 했으니 마실을 나온 모양이었다.

"도서관에서 오는 길인데요. 선생님이야말로 여긴 어쩐 일이세요?"

박 선생이 들고 있는 봉투에서 달짝지근한 기름 냄새가 풍겨 나왔다. 기름내에 벌름거리는 코를 들키지 않으려고 민위는 마른침을 삼켰다.

"물불 선생이 호떡을 좋아하신다고 그래서…. 급히 집에 들어갈 일 없으면 어디 좀 같이 갈래?"

민위는 달아날 꼬투리가 없나 주위를 두리번거렸다. 근처에 볼일이 있다는 걸 깜빡했다며 둘러댈까? 민위가 뭉그적대자 박 선생이 불쑥 봉투를 내밀었다. 호떡은 아직 따뜻했다.

"물불 선생이라면 이극로 박사님 말씀이신가요?"

박 선생은 대답 대신 허리를 곧추세우고 곧장 걸었다.

박 선생을 따라 화동 골목으로 접어들었다. 조금 걷자 안동교회 한옥 예배당이 나왔다. 방금 지나온 승동교회는 백정 교회로, 안동 교회는 양반 교회로 더 유명했다.

몇 걸음 지나자 '명문당'이라는 현판을 단 건물이 나왔다. 명문 당은 10년 전 '영산방'이라는 이름으로 시작한 출판사였다. 장안 의 화제였던《별천지》라는 잡지를 내기도 했고 '책력'을 발행하는 곳으로 더 알려진 곳이다.

민위는 지난 설날 아침을 떠올렸다. 방학 때에도 공부에 매달려 야 하지만 설날에는 집에 내려갔다. 설날 아침에는 아버지가 온 가 족들을 불러 모아 '토정비결'과 책력을 펴고 한 해 운세를 봐 주었 다. 해마다 하는 가족 행사였다.

"선생님, 올 운세가 어떻대요?"

명문당 간판을 힐끗 올려다보는 박 선생의 입가에 희미한 웃음 이 지나갔다.

"올해는 뜻한 일을 다 이룰 거라고 하더라. 힘든 고비도 귀인의 도움을 받을 거라니 더없이 좋은 운세지. 요즘 젊은 사람들은 비과 학적이라는 둥, 미신이라는 둥 말하지만 난 토정비결 보는 건 좋은 전통이라고 생각하는데, 넌 어떠냐?"

신학문을 배우는 학생이 토정비결 같은 걸 믿는다고 타박할 줄 알았는데, 민위는 박 선생의 말에 마음이 누그러졌다. 나쁘다는 건 매사 조심하고, 좋은 것에는 자만하지 말고 몸을 낮추라는 뜻으로 읽어야 한다는 아버지의 말이 생각나 민위의 입가에 미소가 번졌다.

"선생님께서 뜻한 일이 교지 복간이에요?"

"그럴 수도 있고 아닐 수도 있고. 그나저나 선생님께서 돌아오셨는지 모르겠구나. 바로 요 앞이니까 어서 가자."

앞마당이 딸린 2층 양옥 대문에 '조선어학회'라는 현판이 걸려 있었다.

"새 건물이네요?"

"지난해 이리로 이사 왔지. 낱말 카드 쌓아 둘 공간조차 없었는데, 이젠 그런 걱정 안 하게 됐으니 잘된 일이지."

지난해 조선교육협회의 수표동 건물에 세 들어 있던 조선어학회는 한 독지가가 건물을 지어 기부하면서 제대로 된 사무실을 갖게 되었다. 그 독지가는 경성에서 알아주던 건축가 정세권이었다. 1층에는 이극로 박사의 가정집이 2층에는 10년 전부터 사전 편찬 작업을 해 오는 어학회 사무실이 있었다. 책상 몇 개뿐이던 곳에서 이제는 낱말 카드를 보관할 공간까지 생겨 사전 편찬 작업에 몰두할 수 있게 되었다. 그전에는 침침한 사무실 한구석에 쌓인 서적과 낱말 카드 사이를 몸피를 줄여 가며 지나다녀야 했고 추운 겨울날에는 난로도 피우지 못하고 호떡으로 끼니를 때우는 게 예사였다. 불과 한 해 전인데 먼 옛날 같다며 박 선생의 말이 길어졌다.

"그사이 정리한 어휘만 수십만 개라니 사전 나올 날도 멀지 않았지. 어서 들어가자."

박 선생이 계단으로 올라섰다. 민위는 주인 따라나선 강아지처럼 총총걸음으로 뒤쫓았다.

'일 없는 사람은 들어오지 마시고 이야기는 간단히 하시오.'

2층 사무실 입구에 그 문구가 붙어 있었다.

"일 없는 사람은 들어오지 말라는데요?"

"난 시간을 아껴 가며 정진하라는 편찬위원들의 의지로 읽히는데."

민위를 뒤돌아보며 박 선생이 엷게 웃었다.

"일찍 오겠다더니 왜 이렇게 늦었어?"

사무실로 들어서자 책상에 이마가 닿을 듯 고개를 숙이고 있던 사내가 꽥 소리를 질렀다.

"기다리던 사람이 아니어서 미안하네. 지나가는 길에 선생님 좀 뵐까 해서 왔는데…. 안 계신가?"

박 선생이 뒷짐을 지며 장난기 섞인 말투로 말했다.

"박 선생님이 어쩐 일로? 전 영철이가 온 줄 알았어요."

원고 뭉치를 들춰보던 20대 중반의 사내가 벌떡 일어섰다. 삐쩍 마르고 고집스러운 인상인 데다 며칠 밤을 새웠는지 사내의 턱 주위엔 거뭇거뭇한 수염이 돋아 있었다.

"여기는 내 제자 이민위 군이고, 이분은 《한글》 편집을 맡고 있는 이석린 선생이야."

어색한 인사가 끝나기도 전에 박 선생이 석린에게 물었다.

"기다리는 사람이 내가 아는 그 신영철? 물불 선생이 소년 주필이라고 추켜세웠던 그 청년 말인가."

"박 선생님이 어떻게 영철이를 아세요?"

"한뫼 선생 댁에서 몇 번 마주쳤지. 춘천으로 돌아갔다 들었는데 다시 온 건가?"

박 선생의 목소리에 반가움이 묻어났다. 민위는 두 사람이 동시에 아는 영철이라는 사람에게 궁금증이 일었다.

"경성에 올라왔다면서 저녁에 들르겠다고 해서요."

"얼마 전 고문 후유증으로 죽은 신유철이 형이라고 들었는데."

일제의 악독한 고문이야 들어 알고 있었지만 유철이라는 사람은 왜 죽임을 당했을까? 민위는 휘둥그레진 눈으로 두 사람을 번갈아 보았다.

"형을 닮아서 한글 사랑이 대단한 친구죠. 춘천고보 시절에 일제가 조선 글자를 '언문'이라 낮춰 부르는 걸 두고 볼 수 없다고 '언문'이라는 말을 자전에서 다 없애고 '한글'로 고치자고 주장했을 만큼요. 그 글 때문에 물불 선생님도 《한글》 잡지 주필 감이라고 하셨죠. 한뫼 선생님도 집에 머무르게 하면서까지 어학회에 붙들어 놓고 싶으셨던 거고요."

겨우 자기만 한 나이에 그런 주장을 했다는 것도, 영철이라는 형이 자기처럼 춘천 사람이라는 것도 민위는 놀라웠다. 하지만 자기도 춘천 출신이라는 말로 대화에 끼어들 생각은 없었다. 엉겁결에 따라왔다가 조선어학회가 하는 사전 편찬 일에 대해 알게 된 것만 해도 감당하기 어려웠다. 뜻을 모르는 말이 많아 불편하다는 노리코의 말이 떠올랐다. 조선에서도 곧 사전이 나올 거라고 말하면 노리코는 어떤 얼굴을 할까? 민위의 엉뚱한 생각은 석린의 침통한 말로 단숨에 깨져 버렸다.

"유철이도 연하장 문구 때문에 죽은 거잖아요? 아까운 인재를 잃었다고 어학회 사람들이 얼마나 안타까워했는데요."

천황을 죽여야 한다는 말을 쓰지 않고서야 겨우 몇 문장 때문에 목숨까지 잃다니. 그런 일이 조선 땅에서 벌어지고 있다는 게 민위는 믿기지 않았다. 가슴에 돌을 얹은 것처럼 답답했다. 민위의 입에서 새된 목소리가 튀어나왔다.

"도대체 무슨 문구길래 사람까지 죽여요?"

"조선아 일어나라. 화살을 날려라. 조선 혼 담긴 그 화살, 돌인들 두려우랴. 시위를 당겨 쏴라. 동방을 향하여!"

석린이 비장한 얼굴로 선언서를 읽듯 읊었다. 민위도 그 짧은 문구가 가슴에 박히는 느낌이었다. 젊은이의 혈기로만 받아들여지지 않았다. 과녁 앞에 서 있는 듯한 비장함이랄까? 뒷목이 서늘해졌다.

"그걸 아직까지 기억하고 있다니 자네도 대단하네."

"영철이가 하루에도 몇 번씩 읊어 댔는데 못 외우면 그게 더 이상하죠. 아마 영철이도 형의 신념을 잊고 싶지 않아서 그랬을 거예요."

"아깝게 죽은 유철이 생각해서라도 빨리 조선어사전을 편찬해야 하는 건데…."

박 선생이 길게 한숨을 내쉬었다.

"이대로 삼십 년 아니 십 년만 더 가면 우리말 우리글이 없어지는 거 아닐까, 그런 생각이 들면 자다가도 벌떡 일어나게 되더라고요. 여건은 점점 안 좋아지고 사전 편찬 사업도 자꾸 더뎌지고…. 걱정이 많네요."

"말과 글은 그 민족의 혼인데 쉽게 없어지지는 않을 걸세. 그런 믿음이 없었다면 물불 선생도 친일파라는 오해까지 받으면서 국방 헌금도 하고 굴욕적인 신사 참배까지 하는 것 아니겠나?"

"그런 고충을 누가 알아주겠나, 답답해서 그러죠."

"먼 훗날 우리 후손이, 역사가 알아주지 않겠나?"

좁은 사무실 안은 이내 무거운 침묵에 휩싸였다. '역사', '후손'이라는 말이 민위의 가슴을 푹 쑤셨다. 이상한 분위기에 휩싸여 민위는 생각지도 않은 말을 불쑥 내뱉었다.

"사전 편찬에서 가장 어려운 일이 뭔가요? 그걸 해결하면 편찬 시기를 앞당길 수 있지 않을까요?"

제풀에 놀라 민위는 급하게 물을 들이켰다. 사레 들린 것처럼 목구멍이 따끔거리고 눈앞이 희뿌예졌다. 일본어 쓰는 걸 당연하게 여겼던 민위지만 일본의 탄압이 아무리 거세도 몇천 년 써 온 조선말이 없어질 거라고는 생각하지 않았다.

"몇 년에 걸쳐 십만 단어가 넘는 어휘를 조사하고 정리하는데도 매일 수십 개씩 새로운 말이 발견되는 거지."

"그렇게 우리말이 많아요?"

"지금까지 찾고 정리한 것보다 몇 배는 더 많다고 봐야지. 어쩌면 더 많을지도 모르고."

석린이 낮게 한숨을 뱉었다. 매일 쓰는 말이라고는 고작 몇십 가지뿐인 것 같은데 그렇게 많다니 믿기지 않는다는 듯 민위가 눈을 씀벅였다.

"시골말 캐기 운동을 다시 벌여 더 많은 사투리를 알아내야 하는 과제도 있고."

석린은 그때는 정말 살맛이 났다며 웅얼거리자 박 선생도 그때는 금방 사전이 나올 줄 알았었다며 씁쓸해했다.

'시골말 캐기라.'

민위는 나중에 박 선생한테 물어봐야겠다는 생각에 몇 번이나 속으로 되뇌었다.

"물불 선생님이 늦으실 것 같으니 그만 가 봐야겠네. 그래야 자네도 퇴근할 테고. 참, 여기 민위 군한테 잡지 일 좀 가르쳐 줄 텐가? 우리 문예부에서 교지를 복간하려고 준비 중이거든."

"잘 부탁합니다."

민위는 엉겁결에 다시 인사를 했다. 석린이 문 앞까지 따라 나와 저녁 시간이면 언제든 가능하니 종종 들르라고 말했다.

조선어학회를 나오자 어느새 땅거미가 발밑까지 내려와 있었다. 멀리 가로등이 켜지자 달무리처럼 희끄무레한 빛이 하늘을 채웠다.

'절 여기 데려온 게 사전 편찬 때문이었어요?'

민위는 그 말이 목 끝까지 올라왔지만 말할 수 없었다.

"좀 당황했지? 내가 한글로 교지를 복간하려는 이유를 알려 주고 싶었는데 내 생각을 민위 군이 조금이라도 읽어 냈다면 반은 성공한 셈이고."

민위 마음을 읽었다는 듯 박 선생이 그렇게 말했기 때문이었다.

시골말 캐기 잡책

"총독부 감시가 점점 심해지는 모양이야. 교지 복간이 학교나 제군들한테 피해가 되면 안 될 텐데, 무슨 좋은 생각 없을까?"

늘어놓은 책들을 내려다보는 박 선생의 얼굴에 그늘이 졌다. 아무 말도 못 하고 아이들은 서로 곁눈질만 했다. 수업뿐 아니라 학교 안에서도 일본어를 쓰라는 총독부의 정책에 헨리 교장이 거세게 항의했다. 설립자인 아펜젤러 선교사의 장남인 교장은 오직 하느님의 말에만 무릎 꿇을 뿐이라는 말을 했고, 그 말은 총독부의 비위를 건드리는 꼴이 되었다. 어쩔 수 없이 총독부의 정책을 따르는 걸로 무마가 되긴 했지만 근처에 있는 여러 해외 공사관의 안전을 내세워 밤낮없이 순사들이 학교 주위를 어슬렁거렸다.

"학생들이 교지를 만들겠다는 게 뭐 죽을죄예요?"

불퉁대는 기진에게 눈길이 쏠렸다.

"그게 일본어가 아니라 조선어로 한다니까 그런 거잖아? 죽일 놈들."

입술을 깨물며 한수가 울분을 내리눌렀다.

"조선말 안 하고 이대로 죽을 때까지 일본말 쓰면 저도 제가 조선 사람인지 일본 사람인지 헷갈릴 것 같아요. 우리도 식민지에서 태어나서 일본말 쓰는 게 익숙한데 다음 세대는 더할 것 아니에요?"

남석이 덩달아 우거지상을 지었다.

"말이 그 사람의 생각과 행동을 규정한다는 주시경 선생님의 말도 그런 뜻인 거지."

박 선생이 짧게 덧붙였다. 옅은 한숨이 들리고 누구 하나 입을 떼지 않았다.

민위는 '스미마셴!', '아리가토!' 그런 말을 할 때면 작정한 것도 아닌데 저절로 고개가 수그러졌다. 일본말을 쓰고 일장기를 향해 경례하고 '황국신민서사'를 줄줄 읊어 대는 자신을 이상하다 여긴 적 없었다. 적어도 조선어학회를 다녀오기 전까지는.

"선배님이 어떻게 해 보시면 안 돼요? 지금으로서는 그 방법 밖에…."

기진이 규태를 흘끔대며 말을 잇지 못했다. 다들 비슷한 생각을 하면서 머뭇거리고 있었는지도 몰랐다.

"규태도 문예부 일원이야. 동료한테 그런 부담을 주는 건 아니지. 규태 아버지가 나설 수 있는 문제도 아니고. 그런 건 더 생각하기로 하고 우선 할 일을 좀 생각해 봤는데 말이지…."

박 선생은 분위기를 무겁게 만들어 미안하다며 졸업 앨범을 앞으로 쭉 내밀었다.

"거기 뒷부분에 교내 활동 사진들 좀 봐라."

한수가 졸업 앨범을 당겨 빠르게 책장을 넘겼다.

"문자 보급반? 이거 말이죠?"

박 선생이 고개를 끄덕이며《한글》잡지를 들어 보였다. 1935년 10월호였다.

"조선어사전편찬회에서 귀향하는 학생들에게 '시골말 캐기 잡책'이라는 공책을 나눠 주었어. 그걸 들고 시골로 내려간 학생들은 자기 고향에서만 쓰는 시골말을 조사하고 잡책에 기록했지. 그렇게 수집한 시골말이 벌써…."

잡지를 읽어 내려가던 규태의 눈이 점점 커졌다. 아이들도 궁금함을 참지 못하고 잡지로 고개를 기웃거렸다.

"이렇게 수집된 시골말은 곧 사전에 수록할 거래! 벌써 만 개 이상이라니…. 대단한데요?"

"대단하지, 그게 바로 우리 조선인의 힘이다. 너희 선배들도 문자 보급반을 만들어 사투리 조사도 하고 한글 강습회를 열기도 했지. 아직도 그 일을 계속해 가는 사람들도 있다는 말을 듣긴 했다만."

기진이 주섬주섬 가방을 뒤져 수첩을 꺼내 보였다. 수첩의 표지에는 '시골말 캐기 잡책'이라고 적혀 있었다.

"이거 말이죠?"

"그건 어디에서 난 거냐?"

박 선생은 물론 아이들의 눈이 휘둥그레졌다.

"하숙집 아주머니께서 제가 문예부에 들어갔다니까 아드님 거라면서 줬어요. 아주머니 아들도 문예부였대요."

아이들이 부러운 시선을 보내자 기진이 어깨를 으쓱했다. 박 선생이 잡책을 들어 아이들에게 보였다.

"외솔 선생님이 만드신 거다. 사투리 조사할 때 사용할 수 있게 표준어 옆에 빈칸을 만들어 지역의 사투리를 쓰게 했지."

잡책을 들여다보려고 반쯤 몸을 일으킨 아이도 있었다. 박 선생은 외솔 최현배 선생이 조선어학회의 기관지인 《한글》 잡지를 만들고 그 발행 비용을 자신이 출판한 《문예독본》의 원고료로 충당했다며, 대단한 어른이라는 말까지 덧붙였다.

"여기 첫 장에서 선생님은 사투리를 '원래 대중말(표준어)이라는 것은 어떠한 시골말을 가지고 온 나라말의 대중을 삼은 것이 예사다. 그래서 한번 대중말을 확립하고 나면 그 대중에 틀린 말은 사투리가 되는 것'이라고 정의하셨어."

"대중말이 아닌 말이 사투리라는 거네요?"

"그렇지. 선생님은 시골말을 캐고 모으는 일은 조선말 연구에, 조선을 바로 세우는 데 필요하다고 하셨어. 사투리를 연구하는 건 우리 조상들의 생활상을 알 수 있고 옛말이 어떻게 바뀌어 오늘에 이르렀는지, 우리말의 계통을 알 수 있어 사투리 수집은 꼭 필요한 일이라고 강조하셨지."

박 선생은 잠시 말을 끊고 아이들 몇과 눈을 맞췄다.

"그때는 보통학교 학생들도 참여했을 만큼 이 잡책은 조선어과 교사들과 학생들에게 무척 인기가 많았지. 전국 각지에서 사전 편찬에 도움이 됐으면 좋겠다며 사투리를 적은 편지를 어학회로 보내기도 했고."

아이들의 반응이 기대 이상이라서 박 선생도 흥분한 것 같았다.

"선생님도 이 수첩 받으셨던 거예요?"

"그럼. 어학회에서 얻어다 여기저기 나눠 주기까지 했는 걸."

"왜 하필 사투리예요? 경기도 사람들이 쓰는 말만 해도 수만 개는 될 텐데…."

수첩을 뒤적거리던 한수가 볼멘소리를 했다. 민위는 좀 뜨악해져 한수를 다시 한 번 쳐다보았다. 부장인 민위가 문예부 활동에 시큰둥할 때마다 아이들을 다독인 건 한수였다. 민위는 그런 한수가 고맙고 든든했다. 박 선생이라면 무조건 믿고 따르는 한수라서 더 그랬을지도 몰랐다.

"새말(신조어)이나 한자도 엄청 많은데 굳이 사투리까지 조사해야 해요?"

뒤편에 그림자처럼 앉아 있던 규태도 한마디 거들었다. 아마 다른 아이들도 규태와 비슷한 생각인 모양이었다.

"포도시가 뭔 말인지 아나?"

잠시 생각에 빠진 듯하던 박 선생이 웃음 띤 얼굴로 물었다.

"포도 씨? 포도 씨가 무슨 사투리예요?"

규태가 입술과 눈썹을 동시에 실룩였다.

"겨우, 간신히, 가까스로. 뭐 그런 뜻의 전라도 말입니다."

준성은 아이들이 그 말을 모른다는 게 이상하다는 듯 퉁명스럽게 말했다. 같은 뜻이어도 사는 지역마다 쓰는 말이 서로 다르다는 걸, 사투리까지 실어야 온전한 조선어사전이 될 거라는 걸 박 선생은 그렇게 알려 주고 싶은 듯했다.

"그럼 공구다, 짜달시리, 매매는 무슨 말이지?"

박 선생이 다시 물었다. 어느새 박 선생의 얼굴에서 웃음기가 가셨다.

"충청도 사투리인가요?"

"내가 충청도 괴산 사람인데 그런 말 안 써."

조금 전과는 달리 아이들이 눈을 되록거렸다.

"공구다는 '작대기를 괴다' 할 때 쓰는 말이고, 짜달시리라는 말은 '별로, 그다지' 뭐 그런 뜻이고…."

옆 아이가 기진이에게 가자미눈을 했다.

"그럼 원산에서 쓰는 사투리야?"

"아니. 우리 엄마 고향이 경상도라서 아는 것뿐이야."

"매매는 어릴 때 우리 엄마가 잘 썼던 말인데, 동생 혼낼 때 매매한다, 그러시면서."

한 아이가 기진의 말에 끼어들었다.

"아닌데. 그건 구석구석 깨끗하게 해라. 그럴 때 쓰는 말인데."

"똑같은 말인데 완전히 뜻이 다르네요."

아이들도 신기하다며 서로 눈을 맞추고 고개를 끄덕였다.

"사전을 만드는 목적이 바로 그런 거다."

"경상도 사람, 전라도 사람이 하는 말을 서로 알아들을 수 있게 하려고요. 맞죠?"

준성의 말에 박 선생이 반쯤 고개를 끄덕였다.

"그게 가장 일차적인 이유지. 그보다 더 큰 뜻이 있는데, 뭔 줄 아나?"

박 선생의 대화법은 늘 이랬다. 툭 던져 놓고 아이들의 반응을 기다리는 식이다. 틀려도 좋으니 무슨 말이든 하라고, 시행착오와 실패를 통해 진짜 진실에 도달할 수 있다는 게 박 선생의 생각인 듯했다.

"사투리에는 오랫동안 그 지역 사람들의 몸에 새겨진⋯. 뭐랄까, 그들만의 사상과 문화가 담겨 있다는 뜻 아닐까요?"

"네 말은 사투리에 사람들의 생각과 정신이 담겨 있다는 뜻인 거, 맞지?"

규태가 민위 말에 제 생각을 덧붙였다.

'제법인데.'

민위는 규태가 그런 생각까지 할 줄 아는 아이라는 데 내심 놀랐다. 다른 아이들도 민위와 규태를 번갈아 보며 눈짓을 주고받았다.

"좋은 지적이다. 우리가 사용하는 모든 말과 글에는 우리 민족만의 고유한 민족성이 담겨 있지. 그건 일본어든 독일어든 다 마찬가지일 테고."

잠시 말을 끊은 박 선생은 눈을 감고 골똘하게 생각에 빠졌다. 아이들이 숨소리를 죽였다. 민위와 눈이 마주치자 규태가 동그랗게 입을 말고 '뭐?' 하고 입바람을 불었다.

한참 만에 책상 앞으로 바짝 의자를 끌어당긴 박 선생은 굳은 얼굴로 입을 뗐다.

"그 나라들은 모두 저마다의 사전을 갖고 있지. 특히 독일이 사전을 갖게 된 데는 두 사람의 역할이 아주 컸지."

"두 사람이 사전을 만들었다는 말씀이세요? 도대체 누군데요?"

기진이 가장 먼저 반응을 보였다. 박 선생은 잠깐 시간을 두고 말을 이어 갔다.

"처음 시작이 그랬지. 고문헌학자이자 언어학자인 빌, 야곱 그림 형제가 처음부터 사전을 만들겠다는 생각을 한 건 아니었단다. 당시 독일은 프랑스의 지배를 받고 있었지. 우리처럼 말이다. 대학에서 쫓겨난 형제는 카셀이라는 자그마한 동네의 사서로 일하면서 이런 생각을 했다는구나. 프랑스의 지배가 길어지면 독일의 옛이야기가 다 사라질지도 모르겠다고. 그래서 도서관이 문 닫는 날이면 공책을 들고 어른들을 찾아다니며 옛이야기를 들려 달라 조르고 그걸 받아 적었지. 팔십 년 전에 말이다. 그렇게 이백오십여 편의 이야기를 동생이 정리해서 《가정과 어린이를 위한 민담집》이라는 책으로 발간했지. 다행히 프랑스의 지배는 사, 오 년 만에 끝났고 말이다. 우리는 벌써 삼십 년 가까이 되는데…."

박 선생이 말을 끊고 숨을 골랐다. 아이들은 새롭고 놀라운 이야기에 숨소리를 죽인 채 귀를 쫑긋 세웠다.

"이 형제가 원래 무엇을 공부하던 사람들이라고 했지?"

"고문헌과 언어요."

"그래 맞다. 형제는 이야기만 채록할 게 아니라 모든 이야기는 말과 글로 이루어진 것이니까 사전을 만들어야겠다는 결심을 하게 됐지. 그렇게 죽을 때까지 사전 만드는 일에 남은 생을 바쳤는데도 독일 알파벳의 에프까지밖에는 하지 못했다는구나. 그 후 그의 제자들과 뜻있는 독일 학자들이 지금까지 사전 작업을 해오고 있고."

"그럼 아직 사전이 없는 거네요?"

박 선생이 기진을 보며 고개를 끄덕였다. 한수가 그까짓 사전 만드는 데 50년 넘게 걸린다는 게 말이 되냐며 투덜거렸다.

"계속 만들고 있는 중이라는 거지. 사전은 그러니까 역사고 문학이고 사회고 지리고 실과고…. 세상의 모든 지식을 모으는 일이기도 하다는 거지.”

“네? 그건 너무 확대 해석하는 거 아닙니까?”

“너희들도 한수와 같은 생각이고?”

“네. 그건 좀…. 말이 어떻게 지식이 될 수 있다는 건지 이해가 안 되긴 하죠.”

아이들은 하나같이 고개를 절레절레 흔들었다. 문예부가 있는 다락방 덧문으로 초여름 저녁의 흐릿한 햇살이 들어왔다. 박 선생의 말 때문인지 아니면 아이들의 열기 때문인지 방 안 공기가 후끈했다.

“내가 사과라고 말하면 너희들의 머릿속에는, 혀에서는, 코에서는 어떤 반응이 일어나지? 머릿속에서 빨갛고 둥근 모양을 한 사과가, 혀에서는 새큼달큼한 사과 맛이, 코에서는 사과 꽃 향기가 한꺼번에 느껴지지 않니?”

“아, 이제야 선생님의 말씀이 무슨 뜻인지 알 것 같아요. 말하고, 글자를 보는 순간 그것에 관한 모든 소리, 맛, 생김새, 냄새 같은 지식을 떠올리게 되고 그걸 이해하게 된다는 거죠? 그러니까 사전을 만든다는 건 우리가 쓰고 있는 말 하나하나에 관련된 지식을 갖게 되는 거라는 말씀이죠?”

박 선생도 아이들도 규태 말에 눈을 동그랗게 치떴다. 여러 번 사람을 놀랜다 싶어서였다.

"이렇게 중요한 시골말 캐기 활동을 중단할 수밖에 없는 건, 참 안타까운 일이야."

"왜 그랬는데요?"

규태가 잔뜩 핏대를 세웠다.

"시골말 캐기 운동이 조선말을 조사하면서 조선 사람이라는 민족의식을 갖게 했다는 게 그 이유야."

일제의 온갖 강령과 정책이 코에 걸면 코걸이, 귀에 걸면 귀걸이인 시대였다.

"그래서 총독부의 눈에는 사전 편찬 사업이 항일투쟁보다 더 위험하고, 조선어학회를 의열단보다 더 지독한 '독립운동단체'로 몰아 압박하는 거지."

박 선생의 말에 아이들의 숨소리가 점점 거칠어졌다.

"까짓 거 우리가 그림 형제가 되는 건 어떻습니까?"

기진이 자리에서 벌떡 일어나며 소리쳤다.

"기진이 말에 동감이에요. 우리도 해요."

아이들의 말이 이어지며 방 안이 시끌시끌했다.

"멋진 일이잖아요. 나중에 우리 자식들이 아버지가 사전 만드는 일에, 아니 시골말 수집하는 일에 힘을 보탰다는 걸 알면 자랑스럽게 여기지 않겠어요?"

"예전에는 보통학교 아이들까지 나서서 했다면서요? 그 아이들보다 몇 살이라도 더 먹은 우리가 모범이 되어야 하지 않겠습니까?"

"선배님들도 모두 그 일에 동참했는데 나 몰라라 하는 건 후배로서의 도리가 아니죠."

아이들이 저마다 한마디씩 거들었다. 다락방이 이렇게 뜨거운 열기로 들끓는 문예부가 꾸려지고 처음 있는 일이었다.

"방학이 코앞이라 시기도 딱 맞아요."

기진이 콧김을 내뿜었다. 아이들도 들썩들썩했다.

"감정만 내세울 일이 아니야. 총독부에서 가만 놔두지 않을 테고, 교장 선생님이야 어떻게 설득한다 해도 다른 선생들이 입 다물어 줄 리 없고 말이야. 방학이라 고향에 내려가는 학생들은 괜찮지만, 경성 학생들은 지방에 내려갈 명분이 있어야 하는데…."

박 선생은 반갑고 고마운 일이지만 조금 더 생각해 보자며 아이들을 다독였다. 헨리 교장의 신임을 받고 있어도 박 선생 역시 총독부의 날선 눈초리에서 자유로울 수 없는 조선인이었다.

"선생님 말씀은 뭔가 합법적인 방법을 찾아야 한다는 거죠? 일테면 기진이가 고향에서 시골말 조사를 하더라도 절대 의심받지 않을 방법 같은 거 말이죠? 정말 그 생각은 못 했어요."

한수의 말에 박 선생은 굳은 얼굴로 고개를 끄덕였다. 할 말을 잃은 아이들은 공연히 책을 뒤적거리거나, 멀거니 천장만 올려다봤다.

"기획 기사를 만들어 교지에 싣는 거예요. 총독부가 허가를 내

줄 수밖에 없는 그런 내용으로 말이에요."

민위 말에 박 선생의 얼굴 위로 복잡한 표정이 지나갔다. 아이들 역시 덜떠름하기는 마찬가지였다.

"조선인들의 칭송을 받는 일본인을 소개하거나, 지역 발전에 앞장서 총독부도 공로를 인정한 조선인들의 이야기를 찾아서 기사로 싣는 거예요."

뜨뜻미지근한 아이들의 반응에 민위가 덧붙이듯 말했다.

"민위가 말한 거 해 볼 만할 것 같아요. 각 지역에 내려가 그런 사람들을 찾아 취재하는 거예요. 우리 군산에도 일본 교토제국대학에서 공부하고 돌아와 구마모토 대농장의 진료실에서 의사로 일하는 선배님이 계시거든요."

준성이 목에 잔뜩 힘을 주었다. 구마모토를 만나게 해 달라고 하면 선배가 기꺼이 나서 줄 거라며 자신만만했다.

"괜찮은 생각 같은데요. 저도 고향 내려갈 때 부원 중 한 사람은 함께 갈 수 있어요. 되도록이면 잘생긴 사람으로. 헤헤."

준성이 히죽거렸다. 아이들 중 하나가 자기 인물은 어떠냐고 해서 삽시간에 웃음바다가 됐다.

"부장은 나 데리고 갈 거지?"

규태가 바짝 붙어 서며 민위 팔을 세차게 흔들었다.

어떤 부탁

방학이 코앞으로 다가왔다. 문예부 모임이 매주 한 번에서 두서 너 번으로 늘었는데도 누구 하나 불평하지 않았다. 방학 때 갑자기 낯선 친구를 데려가면 당황할지도 모른다며 머리를 맞대고 이 궁리 저 궁리하는 모습을 볼 때마다 민위는 속웃음이 났다.

"노리코한테 만나자고 했더니 너도 같이 나오라는데, 무슨 일인 지 짐작 가는 거 있어?"

민위가 뜨악해 하자 규태는 만나더라도 눈치껏 빠져 달라며 옆 구리를 쿡쿡 찔렀다.

"그날 갈 데가 있긴 한데…."

민위는 며칠 전 박 선생으로부터 석린이 주말에 사무실로 와 달 라고 했다는 말을 전해 들었다. 민위 역시 지난번 문예부 모임에서 얘기한 '시골말 캐기 운동'에 대해 좀 더 자세히 물어볼 생각이었 다. 저녁에 편하다는 석린의 말이 생각나 엉겁결에 그러자고 했다.

규태와 노리코를 만나기로 한 곳은 화신백화점 앞이었다.

'미쓰코시도 아니고 왜 여기지?'

민위는 하늘 높이 치솟은 듯한 건물을 올려다보며 짓눌리는 기분이었다. 주말이어서인지 백화점 앞은 드나드는 사람들로 북적였다. 민위는 오가는 사람들 속에서 규태를 찾았다.

"일찍 왔네."

제 아버지의 것을 슬쩍했는지 규태는 포마드 기름으로 머리를 뒤로 넘기고 양복까지 쫙 빼입고 있었다. 웃옷 사이로 보이는 멜빵을 보는 순간 민위는 픽 웃음이 터졌다. 시인 이상이 떠올라서였다.

"그렇게 입고 오면 나만 날라리처럼 보이잖아?"

교복 입었을 때는 몰랐는데 제법 태가 났다. 잔뜩 멋을 부린 규태 때문에 민위는 교복 차림이 적잖이 신경 쓰였다.

"한수 따라다니는 게 힘들었나 봐? 너 살 많이 빠졌어."

"말도 마. 창경원이다 남산 식물원이다 자기 가고 싶은 데는 다 끌고 다니고, 빵집에 가서는 시인이 되려면 좀 병약해 보여야 한다며 자기가 다 먹는 거 있지. 하여튼 빨리 방학했으면 좋겠어."

그렇게 툴툴거리면서도 규태는 기분이 좋아 보였다.

"난 나중에 시 쓰는 사업가가 될 거야. 백화점 상무…."

"뜻밖이다. 난 네가 연애시 어쩌고 해서 연애 박사 될 줄 알았지."

민위가 놀려 대자 입을 삐죽대며 규태가 딴소리를 했다.

"진짜 박 사장님 통 크지 않나? 경품으로 집 한 채를 내걸었대.

일 원어치만 사도 경품 행사에 참여할 수 있어서 백화점 문턱이 닳을 지경이래."

"정말?"

민위의 반응에 규태는 신이 나서 떠들었다. 화신백화점 사장인 박흥식은 광장시장 안에서 처음으로 양복점을 차렸던 박승직의 아들이다. 몇 해 전 서른도 안 된 박흥식이 경성에서 가장 큰 금은 방이었던 화신상회를 인수했을 때 다들 젊은 혈기만 믿고 나댄다는 둥, 아버지한테 배운 게 있을 테니 잘 해낼 거라는 둥 말이 많았다. 그런 구설수가 무색하게 그는 할인 행사와 상품권 증정 같은 새로운 영업 전략으로 사세를 넓혀 갔다. 얼마나 대단했던지 고객들의 빗발치는 성화에 경품 행사 기간을 연장한다는 광고를 냈고 한 해도 안 돼 동아부인상회를 꺾고 명실공히 최고의 백화점이 되었다. 1934년에는 4층 목조 건물이 화재로 다 타 버리자 이듬해 지하 1층 지상 6층 규모의 콘크리트 건물을 새로 지었다. 이어 미쓰코시 백화점에 밀릴세라 조선 팔도에 350개가 넘는 연쇄점을 열기도 했다.

"그래도 돈 벌자고 민족 자본이니 조선인들의 백화점이라고 떠드는 건 아니지 않나? 어떤 분은 어학회를 위해 건물도 지어 주셨다는데."

"그런 분이 계셔?"

민위는 박 선생에게 들은 건축가 정세권 이야기를 꺼냈다.

"진짜 멋진 분이다. 나도 그분처럼 멋지게 돈 쓸 줄 아는 사업가가 돼야겠다."

규태는 건축가에 대해 더 아는 건 없냐며 꼬치꼬치 물었다. 그렇게 궁금하면 이번 교지 취재 기사로 쓰면 되겠다고 했더니 잘 쓸 수 있을지 모르겠다며 슬그머니 꽁무니를 뺐다.

"노리코는 미쓰코시가 아니고 왜 여기에서 보자고 그랬을까?"

"옥상공원 때문인 것 같아. 거기에서는 경성 시내가 다 내려다보인다니까."

주위를 둘러보던 민위의 눈이 점점 커졌다. 민숙이 노리코와 나란히 걸어오고 있었기 때문이었다. 민위는 아침부터 옷차림에 신경 쓰는 민숙을 보고 어디 가냐고 물어보지 않았다. 주말이면 무슨 핑계를 대서라도 집을 빠져나가는 민숙이어서 볼일이 있나 그러며 넘겼다.

"아는 사람이야?"

"응. 사촌동생."

"진짜? 너랑 하나도 안 닮았어."

민위는 민숙이 말한, 백화점에 다니는 아버지를 둔 일본 여자아이가 노리코일 거라고는 생각도 못 했다. 노리코도 믿기지 않는다는 듯 민위와 민숙을 번갈아 보았다.

"오빠가 여기 웬일이야? 친구분이셔?"

민숙이 슬며시 다가서며 속삭이듯 물었다.

"오빠한테 저런 멋진 친구가 있었어?"

규태를 흘끔거리는 민숙을 보자 민위는 장난기가 발동했다. 노리코 앞이니 규태 체면도 세워 주고 싶었다.

"내 친구 규태야. 시를 좋아하고 곧 불후의 시를 지을 문청이야."

"야, 야…. 그 정도는 아니야."

손까지 홰홰 저었지만 규태는 문청이라는 말이 싫지 않은 모양이었다. 요즘 민위 눈에도 규태가 겉멋만 든 깡통으로 보이진 않았다.

"정말 멋져요. 저도 시 좋아하는데…. 노리코 언니만큼은 아니지만."

"규태는 진짜 시인이 되면 좋겠더라. 가능성 있어 보이던데."

노리코까지 규태를 추켜세웠다.

"너무 비행기 태우지 마. 그러다 추락하면 뼈도 못 추리니까."

"정말이야. 네가 시집 필사한 거 보니까 한 자 한 자 영혼을 담아 쓴 것 같았어. 시를 좋아하지 않으면 절대 그렇게 못 하거든."

노리코의 거드는 말에 규태는 좋아 죽겠는 얼굴이었다.

"그 시집 너도 갖고 싶을 것 같아서…."

규태가 개미만 한 목소리로 웅얼거렸다.

"어머, 언니 정말 부러워. 나도 그런 애인 있으면 좋겠다…."

민숙의 얼굴빛을 보고 노리코가 얼른 말꼬리를 돌렸다.

"여기 사 층에 아주 근사한 양식당이 있대. 오늘은 내가 맛있는 거 살게."

백화점 정문으로 들어가는 민숙과 노리코를 따라 규태와 민위도 허겁지겁 걸음을 뗐다. 엘리베이터 걸이 네 사람을 보고 일행이냐고 물었다.

"오 층 부탁해요."

"사 층 서적부 가는 게 아니고요?"

"점심부터 먹고요. 삼촌이 예약해 뒀을 거예요."

규태와 노리코가 동시에 대답하는 바람에 엘리베이터 걸이 어색하게 웃었다.

5층에는 경양식, 한정식, 소바집까지 여러 음식점이 있었다. 점심시간 전이라 사람들의 발길이 뜸했다. 노리코가 한 양식당을 가리켰다.

"매일 먹는 것보다 안 먹어 본 게 좋을 것 같아서…."

"돈가스 먹을 수 있는 거야?"

민숙의 입이 한껏 벌어졌다.

"같이 온 어른은 안 계시나요?"

종업원이 엘리베이터 쪽을 기웃거리며 물었다.

"마치무라 교수님으로 예약한 좌석이 있을 텐데요?"

"그럼 교수님이 말씀하신 네 분이?"

"네. 저희예요."

"전 일본 분들인 줄만 알고…. 죄송합니다."

몇 번이나 고개를 조아린 후 자리로 안내했다.

"괜히 둘이 만나는데 내가 끼어든 거 아냐?"

의자에 앉으면서 민위가 참고 있던 말을 꺼냈다.

"절대 아냐. 너희 둘한테 부탁할 일도 있어서…. 한꺼번에 보면 좋을 것 같아서 그런 거야."

"부탁?"

"삼촌이 백석 시집을 보고는 너무 아름다운 시인데 뜻을 모르는 단어가 너무 많다고…. 나도 그랬거든. 그래서…"

노리코가 가방에서 주섬주섬 종이 뭉치를 꺼냈다.

"나랑 삼촌이 모르는 부분을 적어 왔어. 총독부에서 만든 일한사전을 찾아봤는데도 없더라. 지역 말…."

"방언…. 아니 사투리라고 그래."

"빨리 조선어사전이 나왔으면 좋겠어. 단어만 적어 오면 헷갈릴 것 같아서 제목이랑 시 구절을 함께 적어 왔어."

민위와 규태는 누가 먼저랄 것도 없이 종이 뭉치에 머리를 들이밀었다.

"너희 둘이 문예부라며? 그럼 부원들 중에 함흥 출신 학생도 있겠네?"

"기진이가 원산 출신 아냐?"

"아마도."

둘은 동시에 문예부 모임 때마다 고향 자랑을 늘어놓던 기진을 떠올렸다. 기진은 아버지가 제법 큰 배를 갖고 있어 경제적 곤궁함을 겪지 않아서인지 매사 긍정적이고 씩씩했다.

"내가 책임지고 알아봐 줄게. 방학 전까지 해 주면 되겠지? 민위는 기말고사 공부해야 하니까."

규태가 종이 뭉치를 챙기며 큰소리쳤다.

"고마워. 너무 무리하지 말고 천천히 줘도 돼. 뜻은 몰라도 시가 좋으니까 별 상관없지만 뜻을 알면 더 좋을 것 같아서."

주문한 돈가스가 나왔는데도 이야기가 끝없이 이어졌다.

"이러다 음식 다 식겠어. 돈가스는 따뜻할 때 먹어야 맛있다던데…."

민숙의 타박에 노리코가 얼른 포크와 나이프를 집어들었다.

"오늘 음식 값은 삼촌이 내시는 거야. 부족하면 더 시켜도 돼. 삼촌이 넉넉하게 돈을 주셨거든."

"아, 입에서 살살 녹는 것 같아. 이게 정말 돼지고기야?"

금방 헤벌쭉해진 민숙이 돈가스를 입에 넣으며 해죽댔다.

"민숙은 제일 친한 조선인 친구야. 조선 사람들은 이름 지을 때 돌림자를 쓴다는 말을 들었는데도 두 사람이 사촌 오누이라니 진짜 놀라워. 이런 걸 인연이라고 그런다며?"

식사가 끝난 후 민위는 약속이 있어 먼저 일어서야 한다는 말을 꺼냈다.

"아 참, 그랬지? 민위가 오늘 들러야 할 데가 있다 그랬거든."

노리코가 약속이 먼저라고 선선히 말했다.

"옥상 정원 보고 싶어. 난 여기 같이 있어도 되죠, 규태 오빠?"

민숙이 눈치 없이 규태를 향해 해죽 웃어 보였다.

"그럼 괜찮지. 오늘 옥상 정원 같이 보자고 한 건 난데 뭐."

노리코가 바로 대답했다.

민위가 민숙에게 잠깐 따라 나오라는 눈짓을 보냈다.

"왜 그러는데?"

"규태가 노리코 좋아하는 거 모르겠어? 넌 눈치가 그렇게 없냐?"

"노리코 언니는 규태 오빠한테 별로 관심 없는 것 같던데…."

조선말은 유창해도 결국 일본으로 돌아갈 사람이니 규태 마음이 변하는 건 시간문제라며 민숙이 입을 삐죽거렸다.

"그건 두 사람이 알아서 할 일이니까…."

"나 규태 오빠 맘에 들어. 오빠는 오빠 일에나 신경 쓰셔."

눈치껏 알아서 할 거니까 걱정 말라는 민숙의 다짐을 받고서야 민위는 백화점을 나왔다.

사전편찬위원회 사람들

조선어학회 사무실 문이 열려 있는데도 석린은 보이지 않았다. 민위는 멀뚱히 서 있기 뭐해서 벽 쪽으로 다가갔다.

포도시

【부사】

① '겨우'의 전라도 방언.

• 감이 포도시 내 손에 달 동 말 동 허드라.

언젠가 박 선생이 문예부 아이들에게 들려주었던 말이다. 예로 든 문장을 보니 머릿속에 생생하게 그림이 그려졌다.

"언제 왔어? 물불 선생님이 외솔 선생님 댁에 가신다기에 잡지 수정본 좀 전해 달라고 부탁하러 나간 사이에 왔나 보군."

"일요일인데도 여전히 바쁘시네요?"

"사전 편찬을 하루라도 빨리 당기려면 어쩔 수 없지."

석린이 민위 옆에 바짝 붙어섰다. 급히 걸어온 탓인지 석린의 거친 숨결이 얼굴로 느껴졌다.

마카

【부사】

① '모두' 또는 '전부'를 뜻하는 경상도, 강원도 방언.

• 가주구 있는 돈얼 마카 다 뺏짔어.

"우리 고향에서는 마카라는 말 안 쓰는데…. 같은 강원도인데도 쓰는 말이 다르다는 게 신기해요."

"강원도 어딘데?"

"춘천이요."

"그게 진짜야? 그럼 영철이도 알겠네?"

"아뇨. 그 형님은 신북면 어디라고 들었어요. 춘천도 넓으니까요."

"많이 멀어?"

"무슨 일 있어요?"

석린이 어물대는 말투라 민위가 넘겨짚으며 말했다.

"문예부에서 사투리 조사 활동할 거라는 박 선생님의 말을 듣고 영철이한테 그 얘기를 했어. 그랬더니 마침 잘됐다며 자기네 상록회에서도 방학 동안 한글 강습회를 연다는 거야. 너 오면 춘천 사는 학생을 소개해 달라 부탁하려고 했는데…. 등잔 밑이 어두웠던 거잖아?"

"한글 강습회요?"

"그렇다더군. 네가 해 주면 좋겠지만…."

말 꺼낸 석린이 무안해질까 싶어 민위는 생각해 보겠다고 대충 얼버무렸다.

"사전 편찬 작업은 어느 정도 돼 가요? 조금 전에 일본인 친구를 만났는데 조선어사전이 없어서 책 읽는 데 좀 힘들다고 그래서요."

"그 얘기를 들으니 어깨가 더 무거워지는걸. 원고 작업이 힘들지만 재미있는 일도 많아. 한번은 이런 일도 있었어. 웃음소리를 표현하는 부사를 찾는다고 마주앉아 누가 다르게 웃나 내기까지 했지. 지금 생각하면 참 싱거운 일인데 그 덕에 백칠십오 가지 부사를 찾았다니까. 하하하."

"어휘 조사만 한다고 끝나는 게 아니라니 정말 만만한 작업이 아니네요."

"고어(옛말)는 문헌을 찾으면 되는데 사투리는 지방마다 다르고, 용례를 만드는 것도 어렵지. 사투리 정리하는 게 제일 힘든 것 같아. 말은 살아 움직이니까."

"사투리가 있으면 표준이 되는 말이 있어야 하잖아요?"

"그야 오랜 사정회를 거쳐 경성말로 정해졌지. 표준말을 사전의

올림말로 정한 후에도 낱말 풀이를 다는 작업이 만만치 않아. 돼지고기 부위 중에 이름 아는 부위가 있니?"

"글쎄요. 갈매기살은 들어 본 것 같아요. 다른 건….."

"돼지고기의 갈매기살을 뜻풀이할 때도 부위의 위치가 어디에서부터 어디까지인지 편찬위원들이 논의한 뒤에 의견이 모아지면 최종 원고를 만들지. 그러다 보니 낱말 뜻풀이를 정할 때는 목소리를 높여 말싸움하는 게 예사야. 심사숙고한 끝에 정리하고 완성한 원고를 외솔 선생과 한뫼 선생이 몇 번씩 검토하시지. 그러니 어떤 어휘는 며칠이 걸리기도 해. 표준말 원고 만드는 것도 어려운데 사투리까지…. 여기 붙어 있는 건 새 발의 피야. 이제까지 정리된 게 전체 사투리의 십 퍼센트도 안 될걸."

벽면을 가득 채운 종이쪽지에서 민위는 눈을 떼지 못했다. 몇 년에 걸쳐 정리한 게 겨우 10퍼센트라니 민위는 좀체 믿기지 않았다.

"개구리만 해도 맥재기, 메구락지, 개고리, 개고락지, 깨구락지, 깨구래기, 깨고래기, 깨고리, 깨구래이, 깨고락찌, 까구리, 깨골태기, 깨고락지, 가개비, 갈개비같이 스무 개가 넘지. 변소는 몇 개나 될 것 같니?"

"경성에서는 변소, 저희 동네에서는 칙간이라고 하는데, 함경도가 고향인 외할머니는 정낭이라고 하고요…."

"거 봐. 변소만 해도 칙간, 드나기깐, 똥수깐, 통새, 뒷간, 정랑, 동수깐, 소막간, 잿간, 구세, 통시, 정낭, 북간, 벤소, 통시, 돗통, 불

가에서는 근심과 걱정을 덜어 주는 장소라는 뜻으로 해우소라고
도 하고….”

민위는 북간이나 통시라는 말을 들으면 변소라고 못 알아들었
을 것 같았다.

“사투리 정리하는 게 정말 만만치 않은 작업이네요.”

“나도 잡책 볼 때마다 매번 놀라는걸. 사는 곳에 따라 말이 다르
고 그 종류가 어마어마하게 많아. 물불 선생이 사전이 필요하겠다
고 처음 생각하신 것도 사투리 때문이라고 하셨어.”

“정말로요?”

대답 대신 석린이 어깨를 으쓱했다. 박 선생이 존경하는 물불
선생 이야기라 민위는 더 궁금했다.

“선생님은 마산 창신학교를 졸업한 후 신흥학교(신흥무관학교)에
들어갈 결심을 하셨대. 서간도로 가는 길에 평북 창성의 한 여관
에서 아침밥을 먹을 때였는데 일행 중 한 사람이 고추장을 달라
고 했더니 주인장이 못 알아듣는 거야. 일행이 고추장도 모르냐고
했더니 주인장은 그런 것 없다며 성질까지 내더래. 답답한 선생님
이 뒤꼍에 있는 고추장 단지를 열어 보이자 그제야 주인장이 그건
‘댕가지장’이라고 했다는 거야. 그때 선생님은 사투리 때문에 조선
사람들끼리도 서로 말이 통하지 않으니 쓰는 말부터 통일해야겠
다는 생각을 하셨다는군.”

“그럼 사전 편찬을 그때부터 준비하신 거예요?”

"그건 아닐 거야. 상하이에서 주시경 선생님의 제자인 김두봉 선생을 만나기는 하셨지만 사전이 편찬해야겠다고 결심하신 건 영국에서 유학하실 때였다는군. 참, 민위 군은 주시경 선생님이 동문인 건 알고 있었어?"

"그럼요. 이번에 사투리 조사 활동을 하겠다고 하자 박 선생님께서도 주시경 선생님 후배답다고 칭찬까지 하셨어요. 그런데 선생님한테 무슨 일이 있었는데요?"

조선도 아니고 영국의 어떤 일이 물불 선생에게 사전 만들 결심을 하게 했을까 궁금했다. 석린은 이야기가 길어질 거라면서 옆에 앉으라는 눈짓을 보냈다. 민위는 의자를 바짝 끌어당겼다.

"독일로 유학 간 물불 선생님은…."

"아까는 영국이라고 하셨는데."

"영국 유학 전에 독일에서 경제학 박사학위를 받으셨거든. 아마 조선인 중에서 유럽에서 박사학위를 받은 건 물불 선생님이 최초일거야."

석린의 말투에서 그가 물불 선생을 얼마나 존경하고 따르는지 알 듯했다. 민위도 점점 물불 선생에게 마음이 갔다.

"선생님은 대학 안에 조선어과를 개설하고 유학하는 삼 년 동안 독일인, 러시아인, 네덜란드인 들에게 조선어를 가르쳤어. 그때는 유럽 사람들이 너나없이 조선에 대해 관심이 많을 때였으니까. 거기 계실 때 선생님은 김두봉 선생에게서 한글 자모 활자를 받아

학회지에 《허생전》을 싣기도 하셨대. 조선어 시간에 외국 학생들이 왜 조선 글자는 철자법이 중구난방이냐, 사전 같은 건 없냐, 그렇게 물을 때마다 속도 많이 상하셨다는군."

민위가 자리에서 일어나 물을 떠 석린 앞에 내려놓았다. 석린이 그런 민위에게 학교 공부는 재미있냐, 춘천에는 자주 내려가냐, 이것저것 물었다. 민위는 뒷이야기가 궁금해서 애가 끓었다. 이번엔 석린이 의자를 바짝 끌어당겼다.

"독일 유학을 끝내고 영국 런던대학에서 연구생으로 공부를 계속할 수 있으셨대. 그 무렵 우연히 아일랜드를 방문할 일이 있었는데 아일랜드 사람들이 모국어 대신 영어를 쓰고 간판이나 도로 표지 등이 모두 영어로 표기된 것을 보고 조선을 떠올리셨다는 거야. '이대로 가다가는 우리 조선도 아일랜드처럼 되는 거 아닌가?' 하는 생각이 들면서 조선어를 지키는 일에 평생을 바치겠다 마음 먹고 고국 행을 서두르셨대. 그 후의 일은 너도 알다시피 조선어학회 안에 조선어사전편찬위원회를 만드셨고 수장을 맡아 사전 편찬 작업의 기본이 되는 표준어, 맞춤법, 외래어 표기 등을 위해 전국 독회를 여셨고 말이야."

"대단하신 분 같아요. 선생님 정도라면 떵떵거리며 편하게 사실수 있었을 텐데…. 사전 편찬을 위해 모든 걸 버리신 거잖아요?"

"선생님도 대단하시지만 한뫼 선생님, 외솔 선생님같이 그 일을 함께해 주신 분들도, 어학회 운영에 이인, 이우식 선생님같이 경제적 후원을 해 주신 분들, 거기에 독회 때마다 먼 길 마다하지 않고 달려오신 분들, 편지로 시골말을 적어 보내 주신 분들 모두 다 대단하시지. 너희들이 시골말 조사한다는 박 선생님의 말을 듣고 준비한 게 있는데…. 사실 오늘 너 여기 와 달라고 한 것도 이것 때문이야."

석린은 책장에서 두툼한 뭉치를 꺼냈다. 한눈에도 족히 50권은 돼 보였다. 겉표지에 '시골말 캐기 잡책'이라고 쓰여 있었다.

"이걸 들고 다니면서 사투리 물어보면 폼도 나고 신뢰감도 줄 것 같은데요. 부원들이 정말 좋아하겠어요."

"그럼 다행이고. 사투리만 쓰지 말고 해당하는 용례도 적어 주면 우리 품이 줄어들어 더 좋긴 하지. 여기에 있는 말 이외에도 새로 발견한 사투리가 있으면 따로 정리해 주면 더 감사하고."

"그 말씀도 꼭 전할게요. 사전을 펴낼 만큼 원고 작업이 거의 다 됐다고 하셨는데 단어장들은 어디 있어요?"

민위가 새삼스럽게 사무실 안을 둘레둘레 살폈다.

"그건 여기 지하에 보관하고 있어. 총독부 정무국 감시가 좀 심해야지. 출판하는 날까지는 무사해야 할 텐데…."

석린의 이마에 굵은 주름살이 생겼다.

"선배님이 아까 말씀하신 거요…."

"아까, 뭐?"

"춘천 내려가면 영철 선배님 뵐게요."

"영철이가 정말 기뻐하겠군. 가끔 영철이한테 편지하는데 이번 편지에 네 얘기 써도 되겠지?"

"그럼요."

"방학되기 전에 한 번 더 들러 줄래? 사투리 정리한 원고를 보면 겹치지 않게 조사할 수 있지 않을까 해서. 문예부 부원들의 고향도 알려주면 그사이 정리해 둘게. 그러면 더 많은 사투리를 조사할 수 있지 않겠어?"

민위는 큰 기대를 하는 것 같은 석린의 말이 부담스러웠지만 부원들을 다독여 볼 생각이었다. 부원 열 명의 고향을 알려 주며 제주도 아이도 있다 했더니 석린이 더 놀란 기색이었다.

"방학 전에 들를게요."

1층까지 따라 나온 석린이 수첩을 싼 보자기를 건네주었다.

돌아오는 길에 민위는 규성이네 집에 들렀다. 일주일에 두 번씩 들르는 집이지만 오늘은 미리 해 둘 이야기가 있었다. 민위는 한참이나 망설이다 대문을 두드렸다.

"선생님이 일요일에 어쩐 일로…."

갑작스러운 방문에 규성 어머니가 머리를 매만지며 말까지 더듬었다. 바깥의 소란을 들었는지 규성이도 방문을 빼꼼 열었다.

"어머님께 드릴 말씀이 있어서…."

"우선 방으로 들어가요."

민위가 방으로 들어서자 규성이가 발딱 일어나 앉았다.

"방학 때 춘천에 갈 일이 생겨서…."

민위의 말에 무슨 일 있냐며 규성 어머니가 걱정스레 물었다. 민위는 규성이 수업 시간을 조정했으면 좋겠다는 말을 조심스럽게 꺼냈다.

"선생님 사정이 그렇다면 어쩔 수 없죠. 안 그래도 올해 일본 여행 계획을 세웠다가 방학 때 바짝 성적 올려야 한다는 생각에 내년으로 미뤘는데 우리 규성이만 신났네요."

규성 어머니가 힐끗 규성을 쳐다보았다. 삐져나오는 웃음을 막으려고 규성이 손으로 입을 틀어막았다. 규성 어머니가 심 부장과 여행 일정을 의논해 본 후 알려 주겠다고 했다. 그녀가 나간 후 민위는 규성이를 앞에 앉혔다.

"한 달 공부를 반 달 만에 해야 하니까 공부 시간도, 분량도 늘어날 거야. 괜찮겠어?"

"빡세게 공부하고 방학 때는 편하게 놀래요."

민위는 규성이 머리를 여러 번 쓰다듬었다.

동행

"선배님, 이거 어디에서 난 거예요?"

"기진이 거랑 똑같은 거 맞죠?"

민위가 내놓는 '시골말 캐기 잡책'을 보며 아이들이 한마디씩 했다.

"어학회 선배님이 응원한다면서 챙겨 주신 거야. 이번 활동에 관심이 무척 많으셔."

기말고사에 짓눌려 있던 문예부 아이들 얼굴에 오랜만에 미소가 퍼졌다. 방학 때 누구를 데려갈지 옥신각신하는 통에 다락방이 시끌벅적했다.

"난 민위네 집으로 가기로 했으니까 딴 사람은 눈독 들이지 마라."

규태가 입도 떼기 전에 쐐기를 박았다.

"춘천이야 코앞인데…. 난 바다와 들을 함께 볼 수 있는 데로 갈 래요. 형 따라 군산 가도 돼요?"

"원산 집에 안 가고?"

준성이 뜨악한 얼굴로 기진을 쳐다보았다.

"올해가 놀 수 있는 마지막 해니까 아버지도 전국 여기저기 둘러보고 견문을 넓히라고 하셨어요. 군산은 남도 제일의 무역항이니까 배울 게 많을 것 같아요."

"우리 집은 임실이라 바다에서 꽤 먼데."

"괜찮아요. 바다는 원산에서 맨날 보는데요 뭐."

기진이 이랬다저랬다 하자 아이들의 야유가 쏟아졌다.

아이들은 저마다 잡책을 챙겼다. 민위는 아이들에게 석린이 알려 준 대로 적어야 할 내용들을 한 번 더 짚어 주었다.

"잡책에서 예로 든 말은 되도록 다 채우고 그 외의 사투리는 따로 적어 줘. 사용례를 쓰는 것도 잊지 말고."

아이들은 100개 이상의 사투리를 조사하겠다며 흰소리 섞인 장담을 했다.

규태가 한턱내겠다며 아이들을 학교 앞 우동집으로 끌고 갔다.

"그사이 나 별똥별 취급 안 하고 동료로 대해 준 거 고마워서 말이야. 많이 먹고 기말고사도 잘 보자. 문예부 부원들이 모두 우등생이면 총독부에서 보는 시선도 달라지지 않겠냐?"

"네가 할 말이 아닌 것 같은데…. 민위라면 또 모를까? 너나 잘하세요."

"미운 놈한테 떡 하나 더 준다던데…. 한수 넌 두 그릇 먹어라."

한수가 한방 날렸지만 규태는 넉살 좋게 되받아쳤다.

"규성이랑 일본 가는 거 아니었어?"

민위는 옆자리의 규태에게 몸을 기울였다.

"거길 내가 왜 따라 가냐? 세 사람이 오붓하게 지낼 텐데…."

'새어머니랑 친한 거 같더니, 아니었나?'

비아냥대는 듯한 규태 말이 마음에 걸렸지만 민위는 내색하지 않았다.

"우리 집에 가는 건 좋은데 많이 불편할 거야. 수돗물도 없고 변소도 그렇고…."

"여행 가는 것도 아닌데 그 정도는 감수해야지. 네가 비웃을지도 모르지만 난 은근히 향토적이야. 그러니까 그런 걱정 마."

민위한테 꼬투리 잡힐 틈을 주지 않으려고 규태는 제 말만 했다.

토요일 오후, 박 선생이 교무실로 민위를 불렀다.

"석린이 너를 꼭 만나야겠다는 사람이 있다고 전화해서 그러는데…."

"누구요?"

"영철이라고, 너도 저번에 어학회 사무실에서…."

"네. 고향 선배님이라고 그랬던 거 생각나요."

"마음에 내키지 않으면 안 가도 돼. 영철이 일방적으로 잡은 약속이니까."

"아뇨. 저도 뵙고 싶었어요. 물불 선생님께서 소년 주필이라고까지 했다면서요."

만나게 해 줄 생각이 없었으면 석린이 전화했을 때 거절했으면 될 일이었다. 영철이 자기를 찾는 이유도 궁금하고 춘천에서 찾아뵙겠다는 약속을 앞당겼다 싶으니 민위 마음도 편했다.

"기말고사 때문에 바쁠 텐데 미안해서 어쩌지?"

"잠깐인데요 뭐. 어차피 가는 방향이기도 하고요."

박 선생은 영철이 기다린다는 인사동 초입에 있는 제과점 이름을 적은 쪽지를 건넸다.

여름의 한복판으로 접어드는지 햇살이 제법 뜨거웠다. 몇 분도 걷지 않아 등에 땀이 찼다. 제과점 안으로 들어서자 서늘한 바람이 옷속으로 스며들었다. 천장에 매달린 선풍기가 덜거덕거리며 바람을 일으켰다. 주말 오후라 가게 안은 손님들로 복닥댔다. 민위는 가게 안을 두리번거리다 벽 쪽으로 다가갔다. 혼자 앉아 있는 10대 청년은 한 사람뿐이기 때문이었다. 영철은 주위의 소란에도 공책에 뭔가를 열심히 적고 있었다.

"저, 신영철 선배님?"

영철이 벌떡 일어나 민위에게 손을 내밀었다.

"이렇게 나와 줘서 고맙다. 석린 형님 편지 받고 견딜 수가 있어야지. 동생이 하는 모임에서 살 책이 있다길래 내가 가겠다고 우겼지 뭐."

영철은 두서없이 반가움을 드러냈다. 민위에게 자리를 권하며 영철은 동생이 춘천고보에 다니고 민위랑 또래라는 말도 했다. 경성에까지 와서 구할 정도의 책이라면 공부에 필요한 참고서는 아닐 거라고 민위는 짐작했다.

영철은 민위가 앉는 것을 기다려 빵과 사이다 두 잔을 시켰다.

"석린 형님이 그러던데 학교 문예부에서 사투리 조사 활동하기로 했다며?"

"네. 방학 때 춘천 내려가서요."

"훌륭한 생각이다. 사전 나오는 데 한 사람이라도 힘을 보태야지."

"어학회는 무슨 일로 들르셨어요?"

책만 사려고 서울에 왔다는 건 어쩐지 믿기지 않았다.

"석린 형님 말로는 조선어학회로 오는 편지를 일일이 검열한다길래, 원고도 전할 겸 검사겸사해서.《한글》지에 싣고 싶은 글이 있는데 형님이 받아 보기도 전에 총독부 검열에 걸리면 나 하나 잡혀 들어가는 일로 그치지 않을 테니까. 불똥이 어학회로 튀면 안 되잖아."

사전 원고 만드는 일도 힘들 텐데, 호시탐탐 감시하고 조선어학회의 숨통을 끊을 꼬투리를 찾는 데 혈안이 돼 있는 총독부를 생각하니 민위도 가슴이 답답했다.

"춘천 내려오면 다시 볼 수 있을까? 하고 싶은 얘기가 많을 것 같고 고향 후배라니 친하게 지내고 싶기도 하고…. 이거 좀 볼래?"

어리둥절해 하는 민위를 의식했는지 영철이 가방에서 책 하나를 꺼냈다. 얼마나 많이 들춰 봤는지 표지가 너덜너덜했다.

"한글 교본이네요?"

"그래. 조선어학회에서 예전 한글 강습회 할 때 사용하던 거야. 나랑 생각이 같은 친구도 있고 상록회에서도 돕겠다고 해서 일단 시작해 보려고. 난 총칼로 하는 독립운동도 중요하지만 한글을 지키는 것도 그 못지않게 중요하다고 생각해. 일본말을 하고 일본 글자를 쓰면서 살아야 한다면 독립이 무슨 소용 있겠어."

"형님은 조선이 독립할 거라고 믿어요?"

"당연히 믿지. 그런 희망과 믿음이 없다면 어떻게 하루하루를 버틸 수 있겠어."

민위는 한글 교본을 내려다보며 궁금해 하던 것을 작정하고 물었다.

"한뫼 선생님과 어학회 위원들이 붙잡혔는데 갑자기 춘천으로 내려가셨다면서요? 무슨 일이 있었어요?"

곤혹스러운 듯 영철의 얼굴이 굳어졌다. 민위는 공연한 이야기를 꺼낸 것 같아 한 말을 주워 담고 싶은 심정이었다.

"그건…. 형님 때문이었어. 유철 형님이 조선어 연구 운동에 가담했다는 이유로 춘천경찰서에 잡혀가 심하게 고문을 당하셨어. 고문 중에 귀에 물이 들어갔는데 구속 동안에 전혀 치료를 받지 못하셨지. 출소한 후 그게 중이염과 뇌막염으로 번지게 됐어. 결국 지난해 겨울에 돌아가셨어."

컵을 잡은 영철의 손이 미세하게 떨렸다.

"나도 동생도 형님의 원수를 어떤 식으로든 갚을 생각이야. 일제가 망하는 그날까지 우리 식으로…. 형님도 하늘에서 응원해 주시겠지?"

민위는 고개를 세게 끄덕였다. 영철의 굳은 얼굴 때문만은 아니었다. 사람을 죽인 것도 아니고, 조선 사람이 조선말을 알고 싶어 하는 게 무슨 죄라고 목숨까지 빼앗다니, 민위는 매운 연기를 마신 것처럼 목이 따끔거렸다.

"나중에 잡지 만드는 일에 참여하실 생각이세요?"

민위는 한뫼 선생도 어학회 편찬위원들도 영철이 《한글》 주필 감이라고 했다는 말이 떠올라서 그렇게 물었다.

"《한글》지를 만들기에는 나이도 그렇고 부족한 게 많아. 형님 일도 그렇고 내 전력 때문에 어학회에는 누만 될 뿐이야. 각자의 자리에서 각자가 할 수 있는 일을 하면 되는 거잖아? 난 한글 보급 하는 일을 하려고. 혹시 도움이 필요하면 언제든 연락해."

민위는 지키지 못할 약속이 될지도 몰라 함께하겠다는 말을 아꼈다.

"춘천 가면 찾아뵐게요."

영철은 자신이 일하고 있는 사법사무소의 전화번호와 위치를 적은 쪽지를 민위에게 건넸다.

기말고사가 끝났다. 민위는 이번에도 전국 상위권에 들었다. 규태는 지난 중간고사보다 평균 20점이나 올랐다. 반 아이들도 선생님들도 하나같이 의혹 섞인 눈길을 보냈다.

"혹시 커닝 같은 거 한 거 아니지? 우리만 알고 있을 테니 털어놔 봐."

"그동안은 공부 안 해서 성적이 나빴던 거지 나도 마음만 먹으면 곧잘 할 수 있는 사람이더라고."

규태가 발까지 들까불며 낮게 뇌까렸다.

"춘천에 내려가려면 아버지를 꼼짝 못 할 거리를 만들어야지 않겠어? 그게 성적표밖에 없더라고."

덕이 아재가 머물 만한 곳을 알아봐 주겠다고 했더니 규태는 날씨도 좋은데 헛간에서라도 잘 수 있다고 했다.

"너무 많이 변하지 마. 적응 안 되니까."

민위의 말에 규태가 어깨만 으쓱했다.

수업이 끝나고 민위는 곧바로 규성이 집으로 달려갔다.

가방을 챙기는 민위 옆으로 규성이가 무릎걸음으로 다가왔다.

"우리 형도 춘천 가요?"

"왜?"

"나도 겨울방학 때 춘천 가고 싶어서요. 헤헤."

"글쎄. 이번에 전교 십 등 안에 들면 한번 고려해 볼게."

"진짜죠?"

턱 밑에서 헤헤거리던 규성이가 달려들며 민위를 끌어안았다. 귀찮게 달라붙어도 민위는 그런 규성이가 귀여웠다.

"바깥어르신이 좀 건너오랍니다."

행랑아범이 그 말만 하고 꽁지 빠지듯 돌아섰다. 심 부장이 민위를 따로 부른 건 처음이었다. 댓돌을 내려서서야 민위는 '왜?'라는 의문이 들었다. 일요일에도 경찰서에 나가서 부딪칠 일이 없었다. 규성이도 따라 나오며 형이 성적을 잘 받아와서 그럴 거라며 종알거렸다.

"들어오게."

순사부장이라더니 방 안에서도 바깥일을 꿰고 있나 싶어 민위는 소스라쳤다. 민위는 무릎을 꿇었다. 매질을 당한 것처럼 온몸에 닿는 심 부장의 눈빛이 따가웠다.

"규성이 성적이 오른 것도 규태가 마음잡고 공부에 재미를 붙인 것도 모두 자네 공이야. 아버지로서 진심 고맙네. 하지만…."

심 부장이 갑자기 말을 끊었다.

"자네, 조선어학회에 들락거린다는데, 맞나?"

민위는 숨이 턱 막히며 정신이 아득해졌다. 순사들이 자기를 감시하고 있었다는 것도, 그걸 심 부장이 알고 있다는 것도, 머릿속이 하얘질 일이었다.

"문예부 부장으로 교지 출간에 대해 도움을 받으려고 갔었습니다. 두 번 정도입니다."

민위는 입안이 바짝바짝 탔다.

"그것 말고는 없는 건가?"

심 부장의 목소리가 거칠게 갈라졌다. 민위는 머뭇거리지 않고 곧바로 대답했다.

"네."

심 부장의 눈은 지금이라도 사실대로 말하라고 추궁하는 듯했다. 의심 가득한 심 부장의 눈빛을 민위는 피하지 않았다. 시골말을 조사하기로 한 것은 문예부 부원들이 정한 일이니 조선어학회와는 상관없는 일이었다.

"규태도 교지와 관련이 있나?"

"규태는 문학적 소질이 많은 친구입니다. 백화점 경영도 하고 싶어 합니다."

"푸하하."

심 부장의 웃음소리는 좀체 그치지 않았다. 그 웃음의 의미를 몰라 심장이 조여 왔다.

"순사가 되지 않겠다니 그건 마음에 드는군."

한참 만에 심 부장이 혼잣말처럼 중얼거렸다. 민위는 춘천에서 뭘 할지 구구절절 설명하지 않았다. 만약 심 부장이 보내지 않겠다고 마음먹고 있다면 어떤 말로도 바꿀 수 없을 것이다.

"긴말 않겠네. 학생의 본분에서 벗어나는 일을 하지 않겠다고 약속하게. 내 아들이라도 범법 행위를 저지른다면 가차 없이 처벌할 걸세. 자기 행동에 책임질 정도의 분별력은 있을 거라고 믿네. 그렇다고 규태가 춘천 가는 걸 허락했다는 말은 아닐세."

심 부장의 말은 제국 법에 어긋나면 순사부장으로서의 의무를 다하겠다는 의지의 표현이었다.

"명심하겠습니다."

민위는 담담하려고 애썼다. 다리가 후들거려 대문을 빠져나와서야 민위는 참았던 숨을 몰아쉬었다.

인연 혹은 악연

"규태 일어났어요?"

민위를 보며 덕이 아재가 비질을 멈췄다.

"여기 사람들은 몇 시에 일하러 나가냐고 묻더니…. 송이 어멈 말로는 볼일 있다며 진즉에 나갔다던데."

"하긴 금방 더워지니까…. 일찍 나가면 좋긴 하죠?"

에둘러 말했지만 기다리지 않고 내뺀 규태가 괘씸했다. 몇 달 만에 아들 위해 지은 밥이라며 몇 술만 더 뜨라는 어머니도 바쁘 다며 뿌리치고 나온 터라 더 그랬다.

교지에 실을 취재에 대해 의논해 볼 생각이었는데 물 건너간 일 이 되었다. 규태가 머무는 행랑채 방문을 열었다. 몇 달을 눌러앉 을 작정인지 옷가지는 벽에 가지런히 걸려 있고 사과 상자로 만든 책상 위에는 얌전히 책들이 놓여 있었다.

"너 사는 동네에 작은 암자가 있는데 거기에서 부족한 공부 좀 하고 오겠다고 그랬더니 아버지가 별말 안 하시더라. 너랑 함께한다니 마음 놓는 눈치셨어."

마중 나간 민위에게 규태는 천연덕스럽게 말했다. 고작 그런 이유로 심 부장이 허락했을 리 만무였다. 민위는 딴말 않고 잘 왔다는 말만 했다.

방까지 따라 들어온 덕이 아재는 규태가 깔끔하다며 칭찬부터 했다.

"말씨며 입성이며 예사 집 출신은 아닌 것 같더라. 규태 동생 과외도 한다며?"

훅 들어오는 덕이 아재의 말에 민위는 죄지은 것도 없는데 얼굴이 화끈거렸다. 이게 다 문예부에 들어가려다 그렇게 된 거라는 말을 하려다 민위는 입안으로 삼켰다.

"나가서 규태 찾아봐야겠어요."

"그래. 점심은 우리 집에서 같이 먹자."

덕이 아재가 사립문까지 따라나왔다.

아침 햇살이 너른 벌판 위에서 일렁거렸다. 무릎보다 높이 자란 벼 이삭들이 알알이 여물어 가고 있었다. 물고랑을 살피는지 머릿수건을 쓴 사람들이 푸른 들판 사이로 희끗희끗 보였다. 아버지는 크게 장마만 지지 않는다면 대풍은 아니어도 수확이 나쁘지 않을 거라고 했다.

옆집 옥이 아버지가 민위를 보고 논두렁으로 올라왔다. 언제부

턴가 민위는 창제 아버지를 옥이 아버지로 부르기 시작했다. 창제가 껄끄러워지면서 자연스럽게 그렇게 된 걸지도 몰랐다.

"민위가 우짠 일이랴? 이번 방학에는 여기 있을 건가 보지."

"네. 그렇게 됐어요. 두루 편안하시죠?"

"우리야 늘 고만고만하지. 그런데 저기 저 총각은 친구인갑다…."

옥이 아버지가 공책을 들고 서 있는 규태 쪽을 가리켰다.

"경성에서 같이 내려온 친구예요."

"아까부터 저 학생이 되우 뭘 묻고 다니네."

민위의 귀에 '되우'라는 말이 도드라지게 들렸다. 그건 '몹시, 매우, 심하게'라는 뜻이었다. 늘 쓰던 말이어서 민위는 그게 사투리라고 생각해 본 적도 없었다.

"학교 숙제하는 거예요."

"뭔 숙제가 그런다냐? 그래도 우리 민위 친구라는데 도와 달라고 하면 도와야지."

규태 쪽으로 걸어가던 민위를 옥이 아버지가 불러 세웠다. 한참을 머뭇대던 옥이 아버지가 어렵게 말을 꺼냈다.

"나중에 우리 창제를 좀 만나 봐다우."

"창제가 왜요?"

덕이 아재가 처남인 창제 대신 민위를 조합장에게 추천했을 때 동네 사람들은 온갖 추측을 하며 쑥덕거렸다.

"창제를 추천했으면 어르신이 허락하지도 않았을 테고 마을 사람들이 나를 어떻게 생각하겠냐? 난 공정한 사람이야."

창제가 춘천고보에 들어간 후에야 덕이 아재가 그런 말을 민위에게 했다. 민위와 창제는 학교 다닐 때도 별로 친하지 않았다. 창제가 경쟁의식을 느껴서라고 민위는 막연히 짐작할 뿐이었다. 마름이었던 옥이 아버지도 소작농인 민위네를 아랫사람 부리듯 했다. 당연히 두 집도 사이가 별로 좋지 않았다. 그런 게 다 옛말처럼 된 것도 덕이 아재가 두 집을 오가며 중재한 덕분이었다. 그때는 덕이 아재와 은순 누나가 결혼하기 전이어서 덕이 아재의 그런 행동은 마을 사람들의 신뢰를 얻는 데 적잖이 기여했다. 나중에 조합장이 수십 년 동안 꿰차고 있던 마름 자리를 덕이 아재에게 넘겼을 때 옥이 아버지가 선선히 수긍한 것도 착실한 덕이 아재를 인정했기 때문이었을 것이다.

"이번 방학에도 뭔 일인지 안 온다지 뭐냐. 집이 먼 것도 아니고 바로 코옆인데…. 뭔 짓을 하고 다니는지 당최 알 수가 있어야지."

옥이 아버지는 요즘에는 가끔 들여다보던 덕이 아재도 별말 없다며 걱정했다.

"대학 가려고 공부하겠죠."

"눈치 보니 하숙도 접고 자취방으로 옮긴 모양이야. 덕이한테 물어봐도 걱정 말라고 감싸기만 하고…. 넌 친구니까 자연스럽게 만날 수 있지 않겠냐?"

"시내 나가면 한번 들러 볼게요."

"고맙다. 이제 네 아버지와도 형님 아우 하며 잘 지낸다."

옥이 아버지가 공연히 말이 길었다며 머쓱해 했다. 재 너머 콩밭을 둘러봐야겠다며 옥이 아버지가 지게를 짊어졌다. 지게에 매달린 호미와 낫이 대롱거렸다.

민위는 손차양을 하며 더운 바람이 훑고 지나가는 벌판을 둘러보았다. 참 변함없는 풍경이었다. 민위를 발견한 규태가 밭고랑을 비척비척 걸어 나왔다. 민위는 규태에게 조심하라고 손나발을 하며 소리쳤다. 삐끗해서 밭 가에 심어 놓은 옥수수 대를 꺾기라도 하면 큰일이었다.

"여기 사람들은 사투리 별로 안 쓰나 봐. 이러다 이 잡책도 다 못 채우는 거 아닌가 몰라."

규태가 이틀째 마을 사람들을 쫓아다녔는데 겨우 이거라며 한쪽도 못 채운 잡책을 흔들어 보였다.

"경기도 말이랑 비슷해도 여기도 사투리 많아. 너 '짜증'이 무슨 뜻인 줄 알아?"

"이런 상황에 딱 어울리는 말이잖아? 아, 짜증 난다. 짜증 나."

"여기에서는 '정말', '진짜로' 그런 말이야."

"정말?"

"그럼 붙배기는?"

"… 붙배기 … 알이 꽉찬 생선 알배기처럼 고기 이름이야?"

"붙박이란 뜻이야. 이건 알 것 같은데, 먼데기는 무슨 뜻일 것 같아?"

"번데기가 아니고?"

"먼지라는 말이야, 어때? 그래도 없는 것 같아?"

"그런 말을 하게 하려면 도대체 뭘 물어봐야 되는 거야? 다들 바쁘신 것 같은데 아무 말이나 해 달라고 조를 수도 없고…. 다른 방법을 찾아봐야겠어. 일단 아주머니랑 아저씨랑 많이 모일 수 있으면 좋을 텐데…."

규태 말 때문에 민위는 영철을 떠올렸다. 영철이라면 좋은 방법을 알려주고, 간 김에 창제도 한번 보면 좋을 것 같았다. 연신 투덜대는 규태를 끌고 민위는 산 쪽을 향해 걸었다. 민위는 손을 흔드는 동네 사람들에게 일일이 인사했다.

"저기 하얀 꽃은 뭐냐?"

"감자꽃. 밤에 보면 별 가루를 뿌린 것같이 예뻐."

꽃을 피워 올린 너른 감자밭을 보며 규태의 입이 헤벌쭉 벌어졌다.

"규태야, 우리 한글 가르쳐 볼까? 그럼 사람들이 많이 모일 것 같은데. 어르신들 중에 글자를 아는 분이 거의 없어. 배울 기회가 없었으니까."

규태는 화들짝 놀란 기색이었다. 민위는 갑자기 왜 그런 말을 꺼냈는지 자신도 어이없었다. 석린과 영철이 한글 강습회 생각해 보라고 할 때는 건성이었던 자신이었다.

"가만 생각해 보니 그렇게만 되면 사람들도 많이 모일 테고….
그럼 일일이 찾아다니며 묻지 않아도 되고 사투리를 들을 기회도
많을 것 같긴 한데. 그게 가능할까?"

그제야 민위는 한글 강습회를 열겠다는 영철 이야기를 털어놓
았다.

"예전 선배들이 고향에 돌아가 야학당을 열었다던 박 선생님 말
생각나?"

"야학당…. 선배들도 했다는데 우리가 못 할 게 뭐 있어. 안 그
래?"

규태 말 때문에 민위는 불가능한 일도 아닐지 모르겠다는 쪽으
로 생각이 점점 굳어졌다. 덕이 아재도 싫어할 이유가 없을 터였
다. 고보생이라고 목에 힘준 일은 없지만 생각해 보면 마을 사람들
때문에 자신이 경성 유학을 할 수 있게 된 것만은 사실이었다. 자
식 일처럼 기뻐해 준 것도, 동네 자랑이라고 칭찬해 준 이도 그들
이었다.

"우등생은 뭐가 달라도 다르다니까. 머리가 팍팍 돌아가."

규태가 목에 팔을 감으며 민위한테 달라붙었다. 비틀대면서도
민위는 빨리 영철을 만나야겠다는 생각뿐이었다. 한낮의 무더위
를 밀어낼 듯 산 쪽에서 바람이 몰려왔다.

평상 옆에 피워 둔 매캐한 모깃불에도 모기들이 끈덕지게 달려들었다. 민국은 낮 동안 개울로 들로 뛰어다니며 논 게 피곤했는지 밥상머리에서도 꾸벅꾸벅 졸았다. 보리쌀이 태반인 밥이었지만 시원한 열무김치에다 삶은 호박잎에 풋고추를 얹어 싸 먹는 쌈밥은 오랜만에 민위의 입맛을 돋우었다.

"민국이 말은 마음 쓰지 마라. 네가 보내 준 돈은 꼬박꼬박 모으고 있으니 나중에 대학등록금에 보탬이 될 거다."

"그런 걱정하지 마세요."

민위는 국비 장학생 시험을 볼 생각이라는 말을 하지 않았다. 미리 꺼내서 좋을 이야기도 아니었다.

"힘들면 언제든지 내려와라. 경성에서 내로라하는 학교를 졸업할 텐데 선생 자리 하나 못 구하겠냐?"

"그건 아버지 말씀이 옳아. 이제까지만 해도 우리한테는 넘치게 과분한 일이었어."

잠자코 있던 어머니도 한마디 보탰다. 어머니가 숭늉 그릇을 아버지와 민위에게 건넸다. 평상 앞 깜깜한 어둠 속에서 반딧불이가 날아올랐다.

"아버지, 덕이 아재한테 창제 얘기 들은 거 없으세요?"

"덕이 그 사람이 워낙 입도 무겁고 그런 얘기는 통 안 해서…. 누가 뭐라 그러더냐?"

"아침에 옥이 아버지 뵈었는데 창제가 방학 때도 집에 안 온다고 걱정이 많으시더라고요."

"공부할 게 많은가 보지. 그 양반도 자식한테 너무 목을 매. 아무려면 창제가 어련히 알아서 잘할까? 하루 종일 돌아다니느라 피곤한데 너더러 찾아가 보라고 그러던?"

그런 건 아니라고 민위는 어물댔다. 어머니가 아버지를 흘끔대며 들어가라는 눈짓을 연거푸 보냈다.

영철이 일하는 사법사무소 맞은편 다방은 고즈넉했다. 축음기에서 흘러나오는 선율이 바닥으로 낮게 깔렸다.

"몰라보게 달라져서 옛날 춘천 같지 않아."

탁자에 앉으면서 민위가 웅얼거렸다.

"여기가 본정이라고 했지? 오면서 보니 경성 본정만큼 북적북적하더라. 그런데 도대체 누굴 만나는 건데?"

"저번에 말한 영철 형님. 금방 나오신다고 그랬는데."

민위는 자꾸 문 쪽으로 눈이 갔다. 사이다의 짜릿한 맛이 목을 타고 넘어가자 박하 향이 퍼지는 듯했다.

"오래 기다리게 해서 미안해. 네가 말했던 학교 친구인가 보네."

규태가 벌떡 일어나 꾸벅 인사를 했다.

"야학당을 열겠다고?"

"막상 하려고 하니 아는 것도 없고 막막해서요. 그리고 여쭤볼 말도 있고요."

"무슨?"

영철이 잔뜩 관심을 보였다. 민위는 교지에 실을 기획 기사 이야기를 꺼냈다.

"석린 형님한테 얼핏 들은 기억이 있긴 한데, 올해는 꼭 복간했으면 좋겠다…. 이거라면 총독부 검열에 걸리지 않을 것 같은데…."

"뭔데요?"

규태가 먼저 나섰다.

"빠르면 내년 늦어도 그다음 해에는 춘천에도 철도가 생길 모양이야. 강원도에서는 경원선 다음으로 생기는 열차지."

"정말요?"

민위가 되물었다. 경성에서 춘천에 내려올 때마다 버스 시간 맞추기도 힘들고, 아침 일찍 나서도 해거름에야 집에 도착할 수 있었다. 친구들이 장항선이나 경의선 타고 고향 간다, 그럴 때마다 부러웠던 것도 사실이었다.

"더 놀라운 건 뭔지 알아? 여기 춘천 사람들이 철도를 놓자고 집단으로 총독부에 청원했고 철도 주식 이십만 주 중 십시일반 돈을 모아 산 주식도 엄청나다고 하더라. 동양척식회사나 만철, 식산은행 같은 일본 자본이 아니라 우리 돈이 들어간 최초의 철도라는 거야."

"정말 대단한데요."

민위도 규태도 벌린 입을 다물지 못했다.

"경성철도기성회 회장님을 취재하면 어떨까? 우리 조선 사람들의 기개도 보여 줄 수 있고 총독부 국책은행이 직접 관여된 일이니까 딴말하지 못할 거다."

"형님 뵙기 잘한 것 같아요. 형님 얘기 들으니 춘천 사람인 게 자랑스럽기도 하고요."

민위는 절이라도 하고 싶은 심정이었다. 이상하게 어깨에 힘이 들어갔다.

"그 철도 주식 아직도 살 수 있어요?"

"왜 아버지한테 사자 그러려고?"

"그럼요. 철도에다 버스 노선도 늘리고 백화점과 호텔 같은 것도 지으면 금방 수익이 날 것 같아서요."

"이 친구, 제법 사업가적 기질이 있는데…. 안 그래도 기성회에서 곧 버스회사도 사들일 모양이야."

"제 아는 친구네가 백화점과 좀 관련이 있거든요."

"화신백화점 말이야?"

"그건 아니고요."

민위와 눈이 마주치자 규태의 얼굴이 벌게졌다. 예전에는 규태가 노리코의 마음을 얻으려고 그러나 싶었는데, 규태 안에는 자신이 모르는 무엇이 있을지도 모르겠다 싶었다.

"참, 이거 필요할지 몰라서 가져왔어. 한글 가르치려면 교본이 있어야 하지 않겠어?"

"직접 만드신 건가 봐요?"

"외솔 선생님과 한뫼 선생님이 여기저기 쓰신 글을 바탕으로 만들었지. 한글은 소리 나는 대로 쓰는 것을 기본으로 하지만 규칙이 있거든. 닿소리와 홀소리를 조합하면 글자가 되니까 힘들게 외울 것도 없어."

"그래서 세종대왕도 보통 사람도 열흘 안에 다 익힐 수 있다고 그랬나 봐요."

민위가 아는 척을 하자 규태가 세종대왕은 우리 민족을 위해 하늘이 내린 천재 같다며 맞장구를 쳤다.

"정말 과학적인 문자야. 한글의 모음 한 자는 한 소리만 나는데 알파벳의 '에이'만 해도 그때그때마다 발음이 달라지는 걸 보더라도 한글처럼 배우기 쉬운 글자는 세상에 없을 거다. 어디 쓸 만한지 한번 볼래?"

민위와 규태가 책에서 눈을 떼지 못했다. 한글 교본이라는 표지에는 소나무 그림이 그려져 있었다. 상록회에서 쓸 교본이라는 걸 한눈에도 짐작할 수 있었다.

"이대로만 하면 어르신들도 한 달만에 웬만한 글자는 읽고 쓸 수 있을 것 같은데요."

민위와 규태는 번갈아 교본을 들춰 보며 말했다.

"필요할지 어쩔지 몰라 두 권밖에 안 갖고 왔어."

"등사기만 구하면 저희도 만들 수 있을 거예요."

"여기에서는 돈이 있어도 종이 구하는 게 하늘의 별 따기야. 모두 그놈의 전쟁 준비 때문이지 뭐. 왜 일본 놈들 전쟁에 조선 사람들이 고통을 받아야 하는 건지…."

흥분한 영철이 탁자라도 내려칠 기세였다.

"저기 덕이 아재 아냐?"

규태가 민위의 팔을 흔들었다. 막 다방으로 들어서는 사람은 덕이 아재였다. 주위를 둘러보던 덕이 아재가 민위를 보고 얼굴이 굳었다.

"처남 집에 들렀다가 조합에 볼일이 있어서…. 그러는 넌 여기 무슨 일이냐?"

조합이라면 창제네 집에서 더 가까운 거리일 텐데? 무슨 사정이 있을 테지. 민위는 덕이 아재의 거짓말을 못 들은 척했다.

"아는 형님 뵐 일이 있어서요. 저기…."

"신영철입니다. 건너편 사법사무소에 다닙니다."

"아, 그러십니까? 나중에 연락할 일이 있을지도 모르겠습니다. 법은 정말 복잡하고 어렵더라고요."

"그렇죠. 총독부의 입맛에만 맞춘 법이니까요."

"우리 민위 잘 부탁합니다. 우리 마을에서도 검사 하나 나오면 좀 좋겠습니까?"

언제는 백화점 어쩌고 하더니 이제는 말을 바꿔 판검사라니….

덕이 아재의 말이 쇳덩이의 무게로 민위의 어깨를 짓눌렀다.

"전 딴 자리에 앉겠습니다. 기다리는 사람이 곧 온다고 했으니."

덕이 아재가 민위의 어깨를 두드리고는 창가 쪽으로 걸어갔다.

"이제 집에 갈 건가? 시내에 오랜만에 나왔을 텐데…."

"친구 아버지 부탁도 있고 해서 동창 좀 만나 보려고요."

"그래? 나도 동생들 만나러 갈 건데…. 가는 곳이 어디야?"

"춘천고보 쪽이요."

"마침 방향이 같네. 이렇게 헤어지기 아쉬웠는데 길동무 삼아 가면 되겠군."

민위와 영철 사이를 비집고 규태가 바삐 계산대 앞으로 걸어 나갔다.

"오늘 여기는 제가 계산할게요. 민위야, 나 전화 한 통 하고 나갈 테니 먼저 나가 있을래?"

"후배한테 얻어먹으면 면이 안 서는데…."

"형님 덕분에 콧바람도 쐬고 또 감사할 일도 있고요."

"뭐?"

규태가 그럴 일이 있다며 느물대자 영철은 다음엔 자기가 춘천 별미인 막국수를 사겠다고 했다.

"저놈이 여길 어떻게…."

다방으로 들어가는 사내를 보고 영철이 허겁지겁 얼굴을 돌렸다.

"누군데요?"

사내의 뒷모습을 흘끔 보며 민위가 낮은 소리로 물었다.

"형님을 취조했던 그놈. 춘천서 형사로 승진했다더니 이런 데서 볼 줄은 몰랐네."

부르르 떨리는 영철의 손을 보자 가슴이 섬뜩했다.

"악독하기로 소문난 놈이야. 저도 조선 사람이면서…. 빨리 여기를 뜨는 게 좋겠다."

다방 문을 나오는 규태는 어쩐 일인지 잔뜩 들뜬 모습이었다. 애인이랑 통화한 거냐며 영철이 농담까지 했다. 아무 일 없다는 듯 선선히 구는데도 민위는 영철을 불러낸 게 제 탓인 것만 같아 마음이 꺼림칙했다.

상 록 수 처 럼

"여기도 많이 변해서 잘 모르겠지?"

"춘천고보 있는 데까지만 같이 가 주시면 그다음부터는 제가 찾아갈게요."

"경성이나 춘천이나 뒷골목은 다 거기서 거기야."

영철과 민위의 이야기가 길어지자 규태는 이리저리 휘둘러보고는 '비슷해. 비슷해' 하며 중얼거렸다. 춘천고보가 있는 동네는 일본식 가옥으로 개조한 집이 더러 보이긴 했지만 대부분은 낡은 한옥이었다. 대문에 '하숙생 구함', '자취방 있음'이라는 쪽지가 붙어 있는 게 여느 곳과 다르다면 달랐다. 강원도의 수재들이 죄 모인다는 춘천고보가 있는 동네라 그런 모양이었다.

창제가 세 들어 사는 자취방은 골목 제일 끝 집이었다.

"친구 자취방이 진짜 여기 맞아?"

"네. 친구 아버님이 그렇게 알려 주셨는데요."

민위는 주소가 적힌 쪽지를 영철에게 내보였다.

"여기는 창제 자취방인데…. 그럼 창제가 네 동창이라는 거잖아?"

"형님이 창제를 어떻게 아세요?"

"고보 후배이자 동생 친구야. 오늘은 참 이상한 날이군. 강 형사 놈도 보고. 이왕 이렇게 됐으니 들어가서 얘기하자."

영철은 기다리라 말하고 대문 옆 담 쪽으로 난 들창을 두세 번 두드렸다. 그러자 얼마 뒤 들창 너머로 '잠시만요' 하는 말소리가 들렸다.

조심스러운 발소리가 들리고 곧이어 대문이 열렸다.

"형님 들어오세요. 앗, 너, 너는… 여기를 어떻게 알고."

창제가 놀란 토끼 눈을 했다.

창제의 방은 본체와는 별도로 떨어져 있었다. 그래도 제법 규모 있는 살림집이라 마당 뒤쪽에 우물도 있었다. 댓돌 위에는 구두 한 켤레만 놓여 있었다.

"요새 감시가 심해져서…. 방학엔 학교에서 만날 수도 없고 그나마 우리 집이 제일 안전한 편이야. 그래도 조심해야 하니까 신발은 모두 숨겨 뒀어."

창제가 댓돌 뒤 쪽마루 아래를 가리켰다. 민위와 규태도 댓돌 뒤에 신발을 숨겼다.

방문을 열자 앉아 있던 아이들이 하나둘 일어났다. 족히 여섯 명은 됐다.

"여기 있는 친구들은 상록회 간부들이야. 내 동생 기철이는 서적부 부장이고."

지난번 경성에서 만났을 때 동생이 필요한 책을 사러 올라왔다는 영철의 말이 떠올라 민위는 기철을 다시 바라보았다. 형을 쏙 빼닮은 모습이었다. 기철이 민위에게 눈인사를 했다. 한두 번 본 게 아닌 모양인지 아이들도 영철도 자연스럽게 어울렸다.

"여기는 이민위. 배재고보 다니고 방학이라 내려왔다는군."

"나랑 보통학교 동창이야. 나도 삼 년 만에 보는 거지만."

창제가 옆에서 거들었다. 기철이 오늘 모임이 상반기 독서 모임의 성과를 정리하고 여름방학 활동으로 정한 한글 강습회에 대해 의견을 조율하는 자리라고 덧붙였다.

갑자기 끼어든 자리라 창제와는 제대로 된 인사도 못 하고 엉겁결에 상록회의 비밀까지 알게 돼 민위는 기분이 묘했다.

"갑작스러운 자리라 민위가 불편한 것 같은데 우리 이야기는 나중에 하고…."

"친구들끼리 모임이 있는 줄도 모르고…."

민위가 쑥스러운 표정으로 뒷머리를 쓸어내렸다.

"내 친구면 너희들과도 친구인 거지. 나도 오랜만에 봐서 어색한 건 마찬가지야."

창제의 말에 멀뚱하던 아이들도 조금씩 굳은 얼굴을 풀었다.

"창제야, 민위가 야학당을 연다는데 거기 합류할래?"

"네가? 정말이야?"

창제가 민위를 보며 못 믿겠다는 표정을 지었다.

"그렇게 됐어. 학교 여름방학 활동으로 사투리 조사를 하는데 야학을 같이하면 좋을 것 같아서…."

"넌 그런 거 안 할 줄 알았어. 넌 공부만 파는 모범생이었잖아? 어쨌든 대단하다."

민위가 아직은 생각만 있는 일이라며 대충 얼버무렸다.

"얼굴도 봤으니 그만 일어날게. 들를 데도 있고."

민위가 주섬주섬 일어나자 버스 타는 데까지 데려다주겠다며 창제가 따라나섰다.

"진짜 오랜만이지?"

"그래. 아버님이 시내 나가면 너 한번 찾아가 봐 달라고 부탁하셨어. 좀 놀랐지?"

"자취방으로 옮긴 건 매형밖에 몰라. 너도 계속 모른 척해 줘."

"그러지 뭐. 상록회 활동을 오래 했나 봐?"

"영철 형님 때는 비밀리에 하던 독서 모임이었는데, 올봄에 기철이랑 몇이 나서서 아예 전교생으로 확대했어. 개학 때에는 공개적으로 회원도 모집했고. 우리 학교뿐만 아니라 이런 독서회는 워낙 많으니까. 너희 학교에는 없어?"

시키지도 않은 말을 쉬지 않고 떠드는 걸 보니 창제는 상록회에 대한 자부심이 대단한 듯했다.

"설마 책만 읽자고 만든 건 아닌 것 같던데…."

"물론 그렇지. 토론회도 하고 독후감 발표회도 열고 농촌 활동도 하고 《흙》, 《상록수》 등의 기관지를 만들기도 해. 영철 형은 독립을 이루기 위해서는 민족문화를 다시 일으켜야 하고 한글 연구와 보급이 가장 중요하다고 생각해서. 나도 형 말에 전적으로 동감이고."

영철이 뜻 맞는 후배들이라고 했던 게 상록회 후배들인 게 분명했다. 민위한테는 유독 까칠했던 예전 창제 모습은 하나도 없었다. 민위는 살뜰한 옛 친구 대하듯 하는 창제가 낯설면서도 정겨웠다.

"오늘 덕이 아재 여기 왔었어?"

"안 온 지 꽤 됐는데…. 내가 상록회에 들어간 걸 눈치챘는지 그만두라고 몇 번 얘기하시더니 요즘은 포기한 모양이야."

민위는 왜 덕이 아재가 창제 집에 들렀다는 거짓말을 했을까 궁금했지만 말하지 않았다.

"한글 강습회 때문에 집에 안 가는 거야?"

"그런 것도 있고 이번 방학엔 진부에 가서 농촌 활동하기로 했어. 그래도 내가 도와줄 게 있으면 말해. 아버지한테는 공부 때문에 못 내려간다고 그랬으니까 아무 말 하지 않았으면 좋겠는데."

"그럴게."

"매형한테 야학 얘기해 봤어?"

"아직은….”

"우리 옛날에 참 많이 싸웠는데… 아니지. 내가 널 많이 괴롭혔지. 오늘 너 만나서 난 진짜 좋았어. 동지를 만난 기분이 들 정도였으니까.”

도로가 보일 때쯤 창제는 선선히 손을 내밀었다. 민위는 망설임 없이 창제의 손을 맞잡았다.

민위와 규태는 보통학교로 찾아갔다. 칠판을 구해야겠다는 민위의 고민을 해결해 준 건 동생 민국이었다. 자기네 학교 창고에서 칠판을 본 것 같다고 했기 때문이었다. 민위 말에 소사 아저씨는 교무실에서 쓰던 건데 낡아서 버리려는 참이었다며 운이 좋다고 했다.

"아주 좋은 학교 다닌다며? 방학 때 아버지 일 도와주러 고향에도 내려오고 효자네. 자네 같은 아들을 둔 사람은 아마 전생에 나라를 구했을 걸세.”

어찌나 추켜세우는지 민위는 멋쩍기 그지없었다. 남의 속도 모르고 규태가 빙글빙글 웃었다. 소사 아저씨는 손자 공부 좀 봐줄 수 있겠냐는 말을 꺼냈다. 규태가 자기가 시간 나면 해 주겠다고 덤벼들자 소사 아저씨가 공연한 말 했다며 뒷걸음질 쳤다.

창고 옆을 지나다 규태가 막 빨갛게 익어 가는 나무 앞에 섰다.

"왜? 무거워?”

"아니. 그전부터 묻고 싶었는데 저 빨간 열매 달린 나무 이름이 뭐야? 서울에서는 못 보던 나무라서. 여기에서는 많이 보이더라."

"동백나무지."

간 줄 알았던 소사 아저씨가 뒤에서 끼어들었다.

"동백은 저도 봤는데…. 진짜 동백 맞아요? 겨울에 빨간 꽃 피는 그 나무요."

"산수유나무야. 여기에서는 다들 동백이라고 해."

"경성 가면 다 똑똑한 줄 알았더니, 아닌가 봐. 이 나이에 동백나무도 모를까…."

소사 아저씨가 툴툴대며 교사 쪽으로 걸어갔다.

"저 아저씨, 왜 나는 싫다 그러지? 공부 못 하는 게 여기까지 소문난 건가?"

학교에서 한참 떨어진 곳에 와서야 규태가 장난스럽게 말했다.

한낮이라 햇볕이 뜨거웠다. 칠판을 머리 위로 치켜들고 햇살을 막아 봤지만 역부족이었다. 민위는 칠판까지 장만하고 나니 마음이 더 무거워졌다. 가장 큰 문제는 사람들 모으는 거였다. 여러 번 야학당 얘기를 꺼냈지만 속 시원히 오겠다고 확답을 준 사람이 없었다.

"오늘 보니까 네가 나서면 알아서 모일 것 같던데 뭐."

말은 그렇게 했지만 규태 얼굴도 밝지 않았다. 너무 쉽게 생각했던 걸까? 집으로 향하는 걸음이 자꾸 더뎌졌다.

마당에 들어서던 민위와 규태를 보고 어머니가 꽤나 반겼다.

"경성에서 누가 내려왔다고 은순이가 집으로 오라고 하더라. 그리고…."

은순 누나가 무슨 일로 찾을까 그런 생각에 빠져 있던 민위는 안방에서 튀어나오는 민숙을 보고 하마터면 뒤로 넘어갈 뻔했다. 작은아버지가 떼쟁이한테 결국 넘어갔구나, 싶었다. 반갑기도 하고 당혹스럽기도 하고, 입맛이 썼다.

"오빠 나 왔어. 여기에서 보니까 더 반갑다. 규태 오빠, 더 멋있어졌네요."

"멋있어지긴. 완전 농사꾼이 다 됐는데. 혼자 온 거야?"

"노리코 언니랑 같이 왔죠."

벌어지는 입을 들키지 않으려고 규태는 얼른 고개를 돌렸다.

"몇 년 만에 봤더니 민숙이가 숙녀가 다 됐지 뭐냐? 이젠 시집가도 되겠어."

몸을 배배 꼬며 민숙이 규태를 향해 눈을 찡긋했다.

한글 자모표

"노리코가 여긴 어떻게?"

민위가 더 놀란 것은 노리코의 옷차림이었다. 옥양목 저고리와 무릎까지 내려오는 검정 치마는 노리코를 열일곱 아가씨처럼 보이게 했다. 은순 누나의 옷을 빌려 입은 모양이었다.

"와 줄 거라고 믿었지만, 그래도 이렇게 보니까 더 반갑다."

죽은 사람을 다시 만난 것처럼 규태의 입이 다물어지지 않았다.

"어떻게 된 거야?"

"저번에 시내 나갔던 날 전화했어."

전화할 데가 있다더니 그게 노리코였을 줄은 몰랐다. 노리코는 무슨 생각으로 외진 시골까지 내려온 걸까? 일본인이 그러기엔 쉽지 않은 일일 텐데. 민위의 눈초리를 의식했는지 노리코가 입을 열었다.

규태 전화를 받은 후 노리코는 아버지한테 여행을 다녀오겠다고 했고, 춘천이라는 말에 아버지가 혼자 보내기 위험하니 출장을 앞당기겠다고 했다는 것이다. 아마 춘천 출장은 경춘철도기성회와 백화점 입점을 논의하기 위해 마련된 자리일 거라 민위는 막연히 짐작했다.

"민숙이가 규태가 머무는 집이라 해서 따라왔는데 더 기적 같은 건 뭔지 알아? 지난봄에 어떤 분이 나중에 춘천 올 일 있으면 연락하라고 하셨다는데 바로 이 집 주인이셨어. 처음엔 물건만 전해 줄 생각이었는데…. 아버지도 안심할 수 있다고 하셔서 짐을 푼 거야."

"정말 도대체 우연이 몇 번이나 겹친 거야? 이 정도면 운명이지 않아?"

규태의 말에 노리코도 인연이 쌓이면 운명이 되는 거라며 흔연하게 말했다.

대청마루에 둘러앉자 은순 누나가 감자와 찰옥수수를 쪄 내왔다. 서둘러 집에 돌아온 덕이 아재는 노리코와 민숙의 잠자리를 봐 준다며 분주했다. 은순 누나는 집안일은 나 몰라라 하는 양반이 별일이라며 수줍게 웃었다.

"잠자리가 낯설 텐데 괜찮겠어?"

"민숙이도 있고. 여기도 사람 사는 데잖아? 저기 담 위에 호박 좀 봐. 너무 정겨워."

이럴 때 보면 노리코는 영락없는 소녀였다. 규태가 갈 때까지 충직한 머슴처럼 모시겠다고 너스레를 떨었다.

"머슴?"

"사쿠오토코(作男)."

민위가 일본어로 번역해 주자 노리코가 규태에게 밉지 않게 눈을 흘겼다.

"같은 차로 온 거야?"

"민숙이가 이곳 지리를 잘 알고 있을 것 같아 내가 부탁했어."

"절대 안 된다고 그러더니 노리코 언니가 한마디 거드니까 아버지가 바로 허락해 주시는 거 있지? 진즉에 언니 얘기했으면 됐던 거였는데 속 끓인 거 생각하면…."

민숙이 억울하다며 엄살떨 틈도 없이 규태가 노리코에게 며칠이나 있을 거냐고 물었다.

"아빠가 일 보는 동안이니까 이틀쯤 있을 것 같아. 저한테 너무 신경 쓰지 말아 주세요. 그럼 제가 더 불편할 것 같아요."

노리코가 은순 누나에게 깍듯하게 예를 차렸다.

"감자 진짜 맛있어요. 이것도요."

"아, 강냉이요? 이걸 잘 말렸다가 겨울에 튀밥 하면 그것도 별미예요. 갈 때 챙겨 줄게요."

규태가 눈빛을 반짝이며 '강냉이'라는 말을 몇 번이고 되뇌더니 잊어버리기 전에 얼른 적어야겠다며 허겁지겁 신발을 꿰신었다. 그 바람에 노리코도 자기 방을 보고 싶다며 일어섰다.

★ 149

"다다미만은 못하겠지만 등이 배기지는 않을 거예요."

덕이 아재가 방 안에 옥양목 이불을 내려놓으며 말했다.

"이 정도면 원앙금침이죠. 감사합니다."

노리코 몫까지 두 배로 감사하다며 규태의 얼굴이 먼저 붉어졌다.

"너, 규태 아버님이 순사부장이라는 걸 왜 얘기 안 했냐?"

덕이 아재가 규태를 슬쩍 보며 민위에게 낮게 물었다.

"그게…. 그런데 어떻게 아셨어요?"

처음부터 숨기려고 했던 건 아니었다. 굳이 말할 필요를 느끼지 못했다. 덕이 아재는 어떨지 몰라도 시골 사람들은 순사들에 대한 깊은 반감과 공포심이 있었다.

"민숙이가 말해 줘서 알았다. 그건 너랑 나만 알고 있자. 그러는 게 낫겠지?"

덕이 아재가 손가락으로 입 닫자는 시늉을 해 보였다.

규태가 민위의 손을 잡아끌고 방으로 들어갔다. 노리코가 선물이라며 보자기를 풀었다.

"뭐야, 이게 다 종이란 말이지?"

교과서 열 권은 족히 될 만한 종이 꾸러미를 보고 민위는 가슴을 쓸어내렸다.

영철에게 종이를 구하기 힘들다는 말을 들었을 때도 민위는 설마 했다. 며칠 전 경춘철도기성회에 방문할 겸 시내에 나가서야 민위와 규태는 낭패라는 걸 알았다. 영철이 취재를 위해 미리 여기저기 수소문을 해서 유지 한 사람을 소개해 주고 약속까지 잡아 준 날이었다. 전국에서 유일하게 철도가 없는 도시여서 총독부에서는 도청을 철원으로 옮기려는 계획까지 세우고 있었다. 이를 알고 춘천 유지들이 들고일어난 일이며, 경춘철도기성회를 만들고 주식 공모까지 하게 된 이야기를 한 시간 넘게 들었다. 규태가 옆에서 이것저것 물어봐 주어서 취재가 한결 수월했다. 경춘선 정차역과 춘천역 조감도까지 보고 나니 민위는 교지에 꼭 실어야겠다는 마음이 커졌다. 만족스럽게 취재를 끝낸 후 민위는 영철에게 전화를 걸었다.

"여기로 올래? 저번에 신세 진 건 갚아야지."

사법사무소 뒷골목에 있는 막국수 집은 점심시간이 지나서인지 한가했다.

"여기가 좀 허름해도 막국수 맛은 춘천에서 제일로 쳐 주는 곳이야."

영철이 비빔막국수 세 그릇과 감자전을 주문했다. 어머니가 해 주는 감자전에 비할 것은 아니었지만 돼지비계 맛이 은근히 배인 감자전은 꽤 맛났다.

"동네 어른들이 야학에 관심을 보이긴 해?"

"어른들한테 민위 인기가 대단해요. 시작하면 금방 사람들 모일 것 같아요."

"아직은 저희가 준비가 안 돼 있어서요. 교본도 만들어야 하고요."

민위가 얼른 규태의 설레발을 막았다. 규태가 '맞잖아' 하며 둥글게 입을 말았다.

"등사기 빌려줄까? 아버지한테 얘기하면 며칠은 빌려줄 수 있을 것 같은데…."

"정말요?"

남은 감자전 한 조각을 입에 욱여넣으며 규태가 되물었다.

"종이부터 마련하고…. 등사기는 근처 보통학교에서 빌려도 될 것 같아요."

규태는 왜 그러냐는 눈짓을 보냈다. 빌리는 게 문제가 아니라 나중에 가져다주려면 또 한나절이 걸리는 일이었다. 무엇보다 사무실에서 쓰는 걸 빌려 가는 것도 마음에 걸렸다. 영철과 헤어진 후 둘은 근처 문방구에 들렀다. 숨겨 놓은 거라며 문방구 사장이 원고지 한 묶음을 내놓고 잔뜩 생색을 냈다. 무지 공책은 물론이고 무지 용지는 몇 군데나 들렀는데도 없었다.

"요즘 종이 사정이 안 좋아서 예까지 들어오지 않아."

문방구 주인들은 하나같이 고개를 절레절레 흔들었다. 그럴 생각이었으면 경성에서 준비하고 왔어야지 이런 시골에서 그걸 구할 생각을 했냐며 헐렁한 사람 취급하는 주인도 있었다.

노리코가 가져온 종이를 보니 민위는 앓던 이가 빠진 것처럼 개운했다.

"민위야, 이걸로 충분할 것 같지 않아?"

민위는 절이라도 하고 싶은 심정이었다. 말로 대신하면 고마운 마음이 덜할 것 같아 꾹 눌러 참았다.

"글자 가르칠 거라는 규태 전화 받고 이게 제일 필요할 것 같더라고. 요즘 종이 구하는 거 진짜 힘들거든. 경성 시내 아는 문방구를 다 뒤졌는데도 겨우 요것밖에 못 구했어."

"이 정도 사려면 만만치 않게 들었을 것 같은데…."

"돈이 문제가 아니라 종이가 없더라니까. 그래서 나머지는…."

다른 보자기를 풀어 종이 한 장을 들어 보였다.

"민숙이가 전단지 같은 것도 좋겠다는 거야. 이것도 괜찮겠어?"

노리코가 민숙의 공을 추켜세웠다. 미쓰코시 백화점의 여름 행사 전단지였다.

"내가 이 정도야. 그러니까 나 괄시하지 마."

"언제 괄시했다고 그래? 노리코도 고맙고 민숙아 너도 고마워. 먼저 교본부터 만들어야겠다."

두 뭉치의 종이를 보니 민위는 부자가 된 듯 마음이 느긋해졌다.

"저번에 영철 형님이 등사기 빌려준다 그럴 때 모른 척하고 받아 올 걸 그랬잖아?"

너무 빡빡한 게 문제라며 규태가 민위를 타박했다. 민위는 자신이 나서는 것보다 덕이 아재에게 부탁하면 훨씬 쉽게 구할 거라는 계산도 없지 않았다.

"이렇게 종이가 갑자기 생길 줄 누가 알았나? 한 번도 써 보지 않은 등사기로 인쇄하다 멀쩡한 종이 버리면 너무 아깝잖아. 당장 그렇게 많이 필요할 것 같지 않으니까 열 권만 만들어 보자. 그 정도라면 등사기 없이도 할 수 있을 것 같은데."

"어떻게?"

세 사람의 입에서 동시에 같은 말이 터져 나왔다.

민위는 전단지 한 장을 꺼내 방바닥에 놓았다. 잠깐 사라졌던 규태가 금방 사과 상자로 만든 책상과 영철이 준 한글 교본을 갖고 돌아왔다. 민위의 손에 네 사람의 눈이 몰렸다.

"우리 한글은 글자 조합이 아주 쉽잖아. 닿소리(자음)와 홀소리(모음)를 조합하면 글자가 되니까 사람들에게 한글의 원리를 가르쳐 주는 게 우선인 것 같아. 이렇게."

민위는 종이 위에 가로 11칸과 세로 15칸을 그렸다. 세 사람은 하나같이 짐작도 못 하겠다는 얼굴이었다.

"이래도 모르겠어?"

"도대체 이게 뭐야?"

민위가 히죽 웃고는 세로 칸에 닿소리를 적어 내려갔다.

"아하! 오십음도."

제일 먼저 알아차린 건 노리코였다.

"맞아. 오십음도가 영감을 주긴 했어."

"그래도 잘 모르겠어."

고개를 갸웃하는 민숙을 쳐다본 후 민위는 세로 칸에는 자음을 적고 가로 칸에는 모음을 채워 넣었다.

"아하!"

	ㅏ	ㅑ	ㅓ	ㅕ	ㅗ	ㅛ	ㅜ	ㅠ	ㅡ	ㅣ
ㄱ										
ㄴ										
ㄷ										
ㄹ										
ㅁ										
ㅂ · · · ㅎ										

규태의 입에서 감탄사가 터져 나왔다.

"우리 한글은 오십음도보다 원리가 더 간단해. 오십음도는 자음과 모음 구분 없이 음과 음을 연결해야 낱말이 되지만 우리 한글은⋯."

노리코가 자못 진지한 얼굴로 민위를 빤히 보았다.

"자, 봐. 기역(ㄱ)과 아(ㅏ)를 합치면⋯."

"가!"

민숙이 목소리를 높였다.

"기역과 야(ㅑ)를 합치면⋯."

"갸!"

"이렇게 하면 사람들이 쉽게 한글의 원리를 깨우치고 스스로 다음 글자를 만들 수 있게 되는 거지."

"대단하다. 이렇게 하면 하루 만에 한글을 다 뗄 수 있을 것 같은데."

규태가 뭐가 달라도 다르다며 민위의 어깨를 그러안았다.

"남사스럽게⋯ 왜 그래?"

웃음이 가시지 않은 얼굴로 민위가 몸을 비틀었다.

"이걸 하루 만에 다 하는 건 무리야. 자음이 모두 몇 자지?"

규태와 민숙이 소리를 맞춰 가며 손가락을 꼽았다. 노리코가 신기하고 부러운 듯 세 사람을 번갈아 보았다.

"열일곱 자? 옛이응(ㆁ), 여린히읗(ㆆ), 반치음(ㅿ)도 있잖아."

"몇 해 전 조선어학회에서 맞춤법 통일안 만들면서 옛이응, 여린히읗, 반치음은 없어졌어. 그러니까 열네 자야. 모음의 아래아(ㆍ)도 아(ㅏ)로 통일했고."

규태의 말에 민위가 곧바로 설명했다. 모두 조선어학회 석린이 한글 교습할 때 필요할 거라며 챙겨 준 책들 덕분에 알게 된 사실이었다.

"하루에 자음 한 자씩만 가르쳐도 보름 안에 끝낼 수 있어. 그러니까 교본도 그렇게 만들고…. 다음 쪽에 사람들이 집에서 따라 쓸 수 있게 빈 칸을 만들어 주는 거지."

"나도 이런 교본 있었으면 금방 한글 익혔을 텐데…."

노리코가 종이를 내려다보며 같은 말을 되풀이했다.

"좋았어. 지금 당장 시작하면 오늘 중으로 열 권은 충분히 만들 수 있을 거야."

규태가 한껏 들떠서 말했다. 노리코와 민숙도 같이하겠다고 입을 모았다.

"그럼 우선 잉크와 펜 가져오고…. 대나무 자 같은 게 있으면 구해 오면 좋겠고."

"이거면 되지 않을까?"

노리코가 짐꾸러미에서 양과자통과 카스텔라 상자를 꺼냈다.

"그거면 충분하겠어."

"민숙이는 나랑 잠깐 나갔다 오자,"

"나랑 같이 가. 주인아저씨한테 전할 게 있어."

"오래오래 있다가 와."

민숙이 엉덩이를 다시 내려놓으며 히죽 웃었다. 규태랑 함께 있고 싶은 민숙의 꿍꿍이가 빤히 읽혔다. 눈치가 박치인 규태는 얼른 다녀오라며 속없는 말을 했다.

밭에 나가려던 참인지 덕이 아재가 수건을 탈탈 털며 마루에서 일어났다.

"어디 불편한 데라도 있는지…."

"재워 주시고 먹여 주시는데 이 정도로 될까 모르겠어요?"

"아이고, 이런 건 필요 없습니다. 모시게 된 것만 해도 영광인데…."

받는다, 못 받는다, 아웅다웅 시간이 길어졌다. 그때 바깥의 소란을 듣고 은순 누나가 부엌에서 나왔다. 민위는 얼른 소반 하나만 가져다 달라고 부탁했다. 잠시 후 은순 누나가 납작한 소반을 들고 나왔다.

"혹시 빈 비료 포대 있어요?"

"몇 장 있다만 무엇에 쓰려고…."

"나중에 말씀드릴게요. 그리고 송곳도 있으면 빌려주시고요."

덕이 아재가 광에서 비료 포대를 꺼내 오는 사이 노리코는 양과자와 카스텔라를 소반에 옮겨 담고 상자를 챙겼다.

"비료 포대는 공책 표지로 쓰고. 우선 빳빳한 상자를 잘라서 자

대용으로 만들어 봐."

노리코가 생일 선물로 받았다는 만년필을 꺼내 놓았고, 규태와 민숙은 종이에 선을 그었다.

"나중에 끈으로 묶어야 하니까 위에 한 치 정도 띄어서 선을 그리도록 해. 그리고 어르신들이 봐야 하니까 칸은 널찍하게 그리는 게 좋겠어."

규태와 민숙, 노리코가 상자를 자 삼아 선을 긋기 시작했다. 선이 그어진 종이 위에 민위가 글자를 써 넣었다. 네 사람의 손길이 빨라졌다.

"똑같은 것을 세 장씩 하고, 아무 글자도 쓰지 않은 한 장을 그 뒤에 붙여. 그러니까 기역(ㄱ)에서 리을(ㄹ)까지 네 장씩, 미음(ㅁ)에서 이응(ㅇ)까지 네 장씩, 지읒(ㅈ)에서 티읕(ㅌ)까지 네 장씩, 마지막 히읗(ㅎ)까지 네 장씩 하면 모두 열여섯 장, 그런 다음 빈 칸만 있는 네 장을 더하면 모두 스무 장이 될 거야. 그런 다음 비료 포대로 겉표지를 만드는 거지. 들고 다니려면 표지가 튼튼해야 하니까."

규태가 낱장을 세서 묶음을 만들고 십자로 쌓았다.

"너 정말 필체 좋다. 천재는 악필이라는 말도 말짱 거짓말인가 봐."

규태가 민위가 글자를 쓸 때마다 추임새처럼 놀렸다. 민숙이 은순 누나의 반짇고리에서 코바늘과 뜨개실을 얻어 왔다. 민숙이 실을 손바닥으로 비벼 실끈을 만들었다. 규태가 송곳으로 네 개의 구멍을 뚫었다. 노리코가 실끈을 구멍에 넣은 후 매듭을 지었다. 마지막으로 민위는 겉면에 '한글 교본'이라 적고 이름 적을 칸도 만들었다.

"나도 한 권 만들어 주면 안 돼?"

"언니가 왜?"

노리코의 말에 민숙이 의아한 표정으로 되물었다.

"뭘 물어? 노리코 때문에 만들게 된 건데. 열 권은 안 되지만 필요한 만큼 가져가."

규태가 선심 쓰듯 세 권을 내밀었다. 민위 역시 같은 마음이었다.

"그래, 언니. 또 만들면 되지 뭐."

금방 마음을 바꿨는지 민숙이 밝게 말했다.

"한 권이면 돼. 일본에 돌아가면 조선말, 아니 한글 배우려는 사람들 가르칠 일 있을 때 쓰면 좋을 것 같아. 당장 우리 아버지도 필요할지 몰라."

노리코는 그 말끝에 대학에서 조선 문학을 공부할 거라고 했다. 민위는 노리코가 조선 시를 좋아하는 게 여느 소녀들처럼 한때 빠지는 '문학병'일 거라고 가볍게 생각해 왔다. 노리코가 교본을 신기한 듯 여러 번 들춰 보았다.

"사람들만 모으면 되는 건데…."

"규태 오빠, 걱정 마. 나도 친구들 세 명은 데리고 올 수 있고, 은순이 언니 친구들, 덕이 아재 친구들, 사돈에 팔촌까지 다 끌어모을 테니까."

　민숙이 자신하는 바람에 민위도, 규태도, 노리코도 웃음을 터뜨렸다.

야학당

마당으로 막 들어서던 민위는 노리코의 아버지를 따라온 사람을 본 순간 몸이 얼어붙었다. 지난주 시내 다방 앞에서 마주쳤던 춘천서 형사, 유철 형을 취조하고 죽음으로 몰아간 바로 그 사람이었다. 민위는 담벼락 뒤로 얼른 몸을 숨겼다. 굳이 그럴 것까지 없는데도, 몸이 그렇게 만들었다.

"여기까지 어떻게⋯."

덕이 아재가 강 형사를 보고 사색이 되었다.

"춘천의 발전을 위해 상무님께서 도움을 주신다 약조하셨네. 서장님께서 경성까지 모셔다 드리라 해서 오긴 했는데⋯."

"여기까지면 족합니다. 제 운전수도 있고⋯. 공무에 바쁜 분한테 폐 끼치고 싶지 않습니다."

노리코 아버지의 얼굴이 붉으락푸르락했다.

"노리코, 어서 차에 타라. 그간 폐가 많았습니다."

"별말씀을요. 이건 변변치 않지만 아가씨께서 맛있다 하셔서 준비했어요."

은순 언니가 준비한 찰강냉이를 운전수에게 건넸다. 운전수가 차에 타라는 말에 민숙이 얼른 노리코의 귀에 대고 속삭였다.

"난 여기 며칠 더 있다 갈게. 그러니까 우리 집에는 당분간 전화하지 말아 줘. 부탁이야."

민숙이 콧소리를 하며 매달리는 통에 노리코가 흔쾌히 그러라며 차에 올라탔다. 노리코네 차를 향해 강 형사가 일본식 절을했다.

"내가 돈을 달래 자리를 달래 뭘 어쨌다고 눈에 쌍심지를 켜는 거야! 하여튼 뻣뻣해서는."

강 형사는 그렇게 성질을 부리고는 덕이 아재를 향해 험악한 얼굴로 소리쳤다.

"이 집에 서울에서 내려온 학생이 둘이나 있다던데 이상한 짓 벌이는 거 아니겠지?"

"그게…. 그 학생 중 한 명이…."

덕이 아재는 얼쯤얼쯤하며 주위를 둘러보았다. 덕이 아재가 바짝 다가서 무슨 말을 했는지 강 형사의 얼굴이 파랗게 질렸다가 벌겋게 달아올랐다.

"그럼 다음에 또 보자고."

덕이 아재가 주머니에 뭔가를 집어넣어 주고서야 강 형사가 물러났다.

첫 한글 강습은 덕이 아재네 마루에서 이루어졌다. 민숙 친구 둘과 옥이 아버지가 옆집 아저씨와 함께 왔다.

"가시나, 경성 가더니 완전 모던걸이 다 됐다."

"민위 오빠는 원래 그랬지만, 경성 오빠도 멋있다 그치?"

민숙 친구들은 한글 공부에는 영 관심 없다는 듯 민위와 규태를 흘끔대며 쑥덕거렸다.

"다 늙어서 무슨 공부냐고 할마시가 어찌나 타박인지···. 몰래 나왔구먼."

"나야 옥이 아배한테 억지로 끌려왔지 머."

조마조마한 마음으로 기다렸지만 사람들은 더 오지 않았다.

"내일도 오늘처럼 이러면···. 저기 쟤들도 내일 올 것 같지 않은데."

"종일 일하셨으니 피곤하실 테지. 우리 좋자고 시작한 일이니까 내일부터 찾아뵙고 말씀드리자."

공짜로 한글을 가르쳐 주겠다는데 왜 안 오는지 모르겠다고 내내 툴툴대던 규태도 힘내자고 했다.

민위의 눈짓에 규태는 교본을, 민숙은 연필 한 자루씩을 나눠 주었다. 웬 거냐고 질색하더니 그냥 가져도 된다는 말에 사람들의 입이 벙글어졌다.

사람들을 둘러본 후 민위는 헛기침을 몇 번 했다. 긴장한 탓인지 목소리가 떨렸다.

"우리 한글은 닿소리 열네 자와 홀소리 열 자로 돼 있어서…."

민위가 칠판에 분필로 글자를 썼다. 규태가 빤히 쳐다보자 시시덕거리던 여자아이들도 입을 닫았다.

"낫 놓고 기역 자도 모른다는 속담은 아시죠? 그 낫이 기역(ㄱ)인데 여기에 홀소리 아를 붙이면 '가'라는 글자가 되죠. 그럼 기역에다 야(ㅑ)를 붙이면…."

"갸… 인 겨?"

옥이 아버지가 자신 없는 목소리로 말했다.

"맞습니다. 갸. 그럼 기역에다 어(ㅓ)를 갖다 붙이면…."

"거… 거구먼."

"글자 배우는 게 호미질하는 것보다 쉽구먼."

"그렇죠? 빈 칸에 한 자씩 써 볼게요."

진즉 칸을 다 채운 민숙이 친구 경자가 옥이 아버지 공책을 넘겨다보았다. 연필을 처음 잡아 본다며 옥이 아버지가 뒤로 빼자 경자가 손을 잡고 글자 쓰는 걸 도왔다.

그렇게 첫날 수업은 끝났다. 중간에 덕이 아재가 마당을 오가며 "바쁜 일이 있으신가?" 하고 구시렁댔다. 첫술에 배부른 일이 없다지만 민위 역시 기운 빠지는 건 어쩔 수 없었다.

아침부터 추적추적 비가 내렸다. 민위는 규태와 함께 어른들을 찾아뵙기로 하고 집을 나섰다. 느닷없는 방문에도 하나같이 민위를 반겼고 뒤따라 들어오는 규태에게는 너나없이 궁금한 기색을 감추지 않았다.

"경성 학생은 어떻게 예까지 왔으까?"

"여름방학 숙제로 이곳 사투리 조사를 하고 싶다고 해서요."

"사투리…. 그게 뭐랴?"

"여기 사람들이 쓰는 말이에요."

"뭔 소리인지 원. 여기 사람이 여기 말 쓰지 다른 동네 말을 왜 쓴댜."

"그냥 아무 말이나 해 주시면 돼요. 농사짓는 얘기 좀 해 주세요."

규태가 잡책을 펼치며 너스레를 떨었다.

"농사는 사람이 짓는 게 아니라 하늘이 반은 지어 주는 거니까. 한창 볕이 좋아야 곡석이 익을 텐데 이렇게 비가 오면 한숨이 늘어날 수밖에 없제."

"곡석?"

규태가 고개를 갸웃했다.

"곡식이라는 말이야."

어른들은 요즘 경성 분위기가 어떤지 묻기도 하고 소작료로 농사지은 걸 반 넘게 빼앗아 가니 살기가 점점 나빠진다며 한숨짓기도 했다.

"저녁에 야학당 열리는데 오실 수 있으세요?"

"야학당?"

"네. 제가 동네 어른들 덕분에 경성 유학도 하고…. 뭔가 보답하고 싶은데 한글을 가르쳐 드리면 어떨까 해서요."

"요즘이 울매나 바쁜디 글 배울 짬이 나겠나. 말은 고맙다만 이 나이에 글자는 배워 쓸 일이 없고. 괜스레 대갈빡만 아프제."

"대갈빡?"

그 와중에도 잡책을 들추는 규태의 무릎을 민위가 슬쩍 꼬집었다.

"아, 글자를 배워 두시면 나중에 아드님한테 편지도 쓰고, 조합에서 보낸 문서도 읽고 재미난 이야기책도 볼 수 있고…. 좋은 일이 훨씬 더 많죠."

"핵교 마당에도 못 가 봤는데 이제사 뭔 소용이 된다고…."

이런 말로 다들 발뺌을 했다. 몇 집을 다녀도 대답은 한결같았다. 왠만한 목석도 넘어뜨리는 규태의 넉살도 소용없었다.

"아주머니들 눈치 보니 아주 생각이 없는 건 아니던데…. 덕이 아재한테 도와 달라고 하면 어떨까?"

"그사이 신세 진 것도 많은데 어떻게 또 그래?"

민위는 야학을 접어야 하나, 그런 생각이 들 때마다 억울하게 죽은 유철 형과 아무 연고도 없는 진부에서 열심히 활동하고 있을 영철과 창제를 떠올렸다. 그때마다 다시 힘을 내자는 마음이 불쑥 불쑥 솟았다.

　야학당을 시작한 지 엿새째 되던 날이었다. 민위는 혹시나 하는 마음에 동네를 한 바퀴 돌았다. 모두 일 나갔는지 개미 한 마리 보이지 않았다. 떼쓰고 졸라서 될 일이 아니라는 생각에 민위는 반쯤 마음을 접었다.

　강습 시간이 다가오면서 민위는 바깥 소리에 자꾸 신경이 쓰였다. 뻔질나게 들락거리던 규태도 맥 빠진 얼굴이었다. 얼마 후 바깥에서 말다툼 소리가 들렸다.

　"한 살이라도 어렸을 때 배워야 두고두고 써먹을 거 아닌감. 얼릉 들어오라니까."

　옥이 아버지가 한 사내를 끌고 마당으로 들어섰다.

　"안 그래도 덕이 땜에 올라고 했다니까요."

　투덕거리는 두 사람을 보고 민위가 맨발로 뛰어나왔다.

　"좀 있으면 외삼춘도 온다 그랬는데…."

　덕이 아재를 찾는지 사내가 집 주위를 두리번거렸다. 창고 쪽에서 일하던 덕이 아재가 마당의 소란을 들었는지 천천히 걸어나왔다.

　"너 덕이 아재한테 뭔 소리 했어?"

　"암말도 안 했는데…."

　규태가 민위 눈을 피하며 딴전을 피웠다. 민위는 묻지 않아도 대충 앞뒤를 어림짐작할 듯했다.

잠시 후엔 동네 아주머니 셋이 서로 등을 밀며 먼저 들어가라고 말씨름을 했다.

"우리 명자가 꼭 가 보라고 어찌나 졸라 대는지."

"글자 가르쳐 준다 해도 이 나이에 가능한가 모르겠네."

"우리 양반 잠드는 걸 보고 오느라…."

멈칫대는 아주머니들을 은순 누나가 어서 오라며 반갑게 맞이했다.

"우리한테 신경 쓰지 말고 얼릉 공부 시작하더라고."

"그러는 게 좋겠구먼. 우리야 한 번 더 들으면 대갈빡에 콱 박혀서 더 좋은께."

옥이 아버지가 그렇게 나오자 민위는 주저 없이 칠판 앞에 섰다. 그사이 규태는 새로운 사람들에게 교본과 연필을 나눠주었다.

"이 공책이랑 연필이랑 공짜로 주는 건감?"

"그럼요. 대신 내일도 공부해야 하니까 잊지 말고 갖고 오시면 돼요."

"오메, 내 공책에다 연필도 가지고, 거기다 글자까지 배우고. 복 터졌네, 복 터졌어."

"울매나 배워야 글자를 쓸 수 있을까나? 친정에 편지도 쓰고 싶은데…."

아주머니들 사이에 기대 반 걱정 반 섞인 말이 오갔다. 시끌벅적한 분위기에 민위와 규태는 힘이 났다.

"우리 한글은 한 달이면 누구나 배울 수 있을 만큼 쉬워요. 아주머니라면 보름도 안 돼 읽고 쓸 수 있을 걸요."

"그거 거짓부렁 아니지?"

"그럼요. 그런 거짓말을 왜 해요?"

규태 말 때문인지, 아니면 편지를 쓰겠다는 욕심 때문인지 아주머니들은 대답도 곧잘 했다. 아저씨들에 비해 배우는 속도도 빨랐다.

"처음 글자를 배우는 건데 어렵진 않으세요?"

아주머니들은 밭매는 것보다, 아저씨들은 거름 나르는 것보다 쉬운 일이라며 입을 모았다. 글자를 잘 썼다, 못 썼다 하며 아웅다웅하다가도 이내 깔깔댔다.

"기역 자를 배웠으니 기역 자가 들어가는 글자는 모두 쓸 수 있을 거예요. 기역으로 시작되는 말은 뭐 있을까요?"

"가세…."

아주머니가 손을 들어 손가락으로 자르는 모양을 해 보였다.

"가세?"

"가위라는 말이야."

규태가 잊어버리기 전에 적어야 한다며 잡책을 꺼내 들었다.

"가생이도 있제. 밭가생이가 다 무너졌구먼, 그럴 때 가생이."

"괴기도 있잖나. 물괴기, 육괴기…."

"가생이는 가장자리를 말하는 거야. 괴기는 고기라는 건 알지?"

규태가 민위를 보고 씩 웃었다.

"가름마도 있고 괭이도, 또 우리 아들이 좋아하는 겨란도 있제."

어른들이 기역 자에 관련돼 알고 있는 말을 앞다퉈 말했다. 그 때마다 민위는 그 말들은 사투리이고, 경성에서 쓰는 표준말은 따로 있다고 말했다.

"그럼 사는 데마다 말이 다르다는 거냐?"

"모든 말이 다 그렇다는 건 아니고요. 아까 말씀하신 가름마는 가르마, 괭이는 고양이, 겨란은 계란, 달걀을 말해요."

"경성에 살라 캐도 말이 안 통해서 영 깝깝하겠네."

아주머니들도 아저씨들도 괴이한 일이라며 혀를 내둘렀다.

"그래서 조선어사전이 필요한 거예요. 다른 동네에 가더라도 사전만 있으면 무슨 말 하는지 찾아볼 수 있으니까요."

사전이 뭐냐며 사람들이 수군거렸다. 옥이 아버지가 옥편 같은 걸 말하느냐고 되물었다. 민위가 예를 들어 가며 사전에 대해, 박 선생한테서 들은 독일 사전 이야기도 했다.

"잼처 말하면…."

"잼처는 또 뭐야?"

"아, 잼처는 다시, 또라는 말이야."

자기 잡책은 얼추 다 채워져 가니 규태가 '잼처'를 양보하겠다고 해서 민위를 웃게 만들었다.

"교본 마지막에 보면 기역 자를 혼자 공부할 수 있게 해 뒀어요. 기역이 들어가는 말을 쓰셔도 되고 그냥 오늘 배운 걸 베껴 써 보셔도 돼요."

"선상님 말대로 짬 내서 다 채워 오도록 하소."

"선상님 말은 무조건 잘 들어야제, 안 그런가?"

옥이 아버지 말에 방 안이 다시 시끌시끌해졌다.

내일 다시 보자며 인사를 나누고 사람들이 자리에서 일어섰다. 규태가 선생 체질을 타고난 것 같다며 민위를 추켜세웠다.

"사람들 쫓아다니며 사투리 조사하는 것보다 이렇게 하니까 백 배는 효율적이야. 역시 네 생각이 맞았어. 이렇게 계속하면 금방 다 채울 것 같아. 박 선생님이 엄청 좋아하시겠지? 한수 녀석, 배 아파하는 거 아냐?"

"너 내일 낮에 교본 몇 권 더 만들어 줄 수 있지?"

"당연하지."

어느새 보름달이 마을을 환하게 비추었다.

민위는 낮에는 아버지를 따라 밭에 나갔다. 춘천에 살 때는 민위 역시 학교 끝나면 농사일을 거들었다. 공부하라며 등을 떠밀 때마다 아버지는 며칠 공부 안 한다고 까먹는 그런 머리 아니라며 어머니를 나무라기도 했다.

"선상님, 오셨습니까?"

"머리에 쏙쏙 들어가게 가르친다고 아지매들이 난리도 아니
더라."

아주머니들이 민위를 둘러쌌다. 아버지도 안 듣는 척해도 입꼬
리가 귀까지 올라갔다.

"아주머니도 오늘부터 오세요."

"그라도 되나? 다들 한참 배웠다던데…."

"새로 온 분들은 제 친구가 가르치고 있어요."

이렇게 가다가는 온 동네 사람들에게 한글을 가르칠 수 있을 것
같아 민위는 마음이 뿌듯했다.

"왜 일본어는 안 가르치나? 요새는 그게 더 필요하지 않나 싶
은데…."

"우리는 조선 사람이니까요. 조선 사람은 조선말을 써야 하잖
아요."

"그건 선상님 말이 백 번 옳다. 나도 우리 아(아이)들이 일본말 배
우는 거 싫다."

아주머니들이 민위보다 먼저 쉬쉬하며 목소리를 낮췄다.

이른 저녁을 먹고 사람들이 몰려왔다. 아직 산을 넘지 못한 해
거름 때문에 세상은 새벽처럼 희끄무레했다.

"이래 고생하는데 줄 기 이거밖에 없대이."

옥수수를 삶아 오거나 감자를 쪄 오거나 그도 아니면 산딸기와
자두를 챙겨 오는 어른들도 있었다. 그때마다 민위는 은순 누나 몰

래 부엌에 가져다 놓았다. 모든 게 덕이 아재가 도와주지 않았으면
엄두도 못 낼 일이었다.

"농사지으랴 공부하랴 아주머니 아저씨들이 더 고생이 많죠."

"공부가 재미나서 힘든 줄도 모르겠다."

"안 힘든 사람이 그래 코를 고나?"

"이 양반이 남사스럽게…."

아저씨가 아주머니를 놀리는 말에 사람들이 실소를 터뜨렸다.

"남사스럽게… 뭔 말이야?"

"부끄럽다는 말인데… 사투리는 아니지 싶은데. 그래도 적어
봐 봐."

민위는 마루로, 규태는 노리코가 머물던 방으로 들어갔다. 뒤늦
게 합류한 어른들뿐만 아니라 학교 문턱에도 못 가 본 또래나 동
생들도 몰려와 따로 한 반을 만들었던 것이다.

노리코 덕분에 당분간은 종이 걱정을 하지 않아도 되었다. 부족
하면 무슨 수를 써서라도 구해 보겠노라는 덕이 아재 말에 민위는
한시름 놓였다.

조 짐 과 음 모

"얼른 일어나 봐라."

어머니가 몸을 흔드는 바람에 민위는 간신히 일어나 앉았다. 낮에는 밭일을 돕고 저녁에 야학까지 하느라 밤이면 몸이 파김치가되었다. 더구나 며칠째 교지에 실을 원고를 쓰느라 신경이 곤두서있었다.

"뭔 일인데요?"

"덕이가 왔다. 이 밤에 무슨 일인지 모르겠다."

자정이 가까운 시간이었다. 대충 옷을 챙겨 입고 방을 나오니마당 한가운데 덕이 아재가 서 있었다. 흐린 달빛을 받아 바닥의그림자가 희미하게 뭉개졌다.

"너무 늦은 시각이라 좀 그렇지?"

"아니에요. 아직 자려면 멀었는데요, 무슨 일인데요?"

"잠깐 걸으면서 얘기하자."

두 사람을 지켜보는 어머니를 의식했는지 덕이 아재가 마루 쪽을 살폈다.

"어머니, 아재랑 잠깐 나갔다 올게요."

"그래라. 너무 늦지 말고."

마을은 어둠에 갇힌 듯 조용했다. 점점이 주단을 펼친 듯한 감자밭을 지나 쓰읍쓰읍 바람 소리를 내는 콩밭을 지났는데도 덕이 아재는 아무 말이 없었다. 민위는 덕이 아재가 먼저 말을 꺼낼 때까지 기다렸다. 덕이 아재가 이렇게 뜸을 들이는 데는 그만한 이유가 있을 것이다.

"형진이가 너한테 공부하러 온다며?"

"네. 걔가 왜요?"

열흘쯤 전 아주머니 한 분이 집으로 찾아왔다. 어머니와 무슨 이야기를 나누다가 민위를 보고 아주머니의 얼굴이 눈에 띄게 환해졌다. 처음 보는 얼굴이었다.

아주머니는 조카 공부 좀 봐줄 수 있겠냐고 살갑게 물었다.

"아예 공짜로 할 생각은 안 할 거다. 있는 집이니까."

민위는 바쁘기도 하지만 내키지 않았다. 잠깐 봐준다고 성적이 얼마나 오르겠냐 싶기도 하고 2주 뒤면 경성에 올라가야 했다. 민위가 머뭇거리는 눈치를 보았는지 아주머니는 조카가 우등생이고 한 번도 1등을 놓친 적이 없다고 자랑을 늘어놓았다.

"그 정도면 혼자서도 얼마든지 할 수 있을 텐데요."

"재수하지 않고 내년에 꼭 경성에 있는 학교에 붙어야 해서 그러나 보더라. 네 얘기를 어디에서 듣고는 욕심이 났는지 사흘돌이로 사람을 볶아치는데…. 네 어머니한테 사정은 다 들었지만 혹시나 해서 너 올 때까지 기다렸지."

"먼 걸음 하시고 이렇게 부탁하는데 너도 참…."

민위가 영 내키지 않아 떨떠름하게 굴자 어머니가 더 안절부절 못했다. 경성에 오고 싶다면서 공부에는 영 재미를 못 붙이는 민국이도 이 기회에 같이 공부를 봐주면 될 것 같아 허락했다. 민위는 대가를 받지 않는다는 조건을 달고 며칠 동안 형진이 부족한 수학과 영어를 봐주게 되었다. 형진은 친척집에 와 있으면서 낮에 민위를 찾아왔다.

"왜 일본어가 아니라 한글을 가르쳐요? 앞으로는 우리도 일본인으로 살아야 하는데…."

문제집을 들여다보던 형진이 느닷없이 물었다.

"나도 그게 궁금했는데…."

옆에 있던 민국도 고개를 갸웃했다.

"문예부 방학 활동 중에 사투리 조사하는 게 있는데 처음엔 무작정 어르신들을 만나 물어봤거든. 며칠 해 봤는데 영 진척이 없는 거야. 글자를 가르치면서 물어보면 자연스럽게 이런저런 사투리를 많이 들려주실 것 같아 시작했지. 다행히 글자 공부도 재밌어하시고 이런저런 얘기 도중에 여러 사투리를 들려주시고. 덕분에 내 친구도 나도 잡책 다 채워 가고 있어."

"아, 이게 그건가 보죠?"

형진이 바닥에 놓인 잡책을 보며 물었다.

"이거 조선어학회에서 만든 거네요? 뭐 하는 곳이에요?"

민위는 그쯤에서 말을 끊었던 기억이 불현듯 떠올랐다. 며칠 전

일이었다.

"형진이가 왜요?"

"나도 오늘에야 알았는데 형진이가 강 형사 아들이라는군."

민위의 가슴이 덜컥 내려앉았다. 형진이 돈푼깨나 있는 집의 아

들쯤으로 알고 있었다.

"형진을 여기 보낸 데 다른 이유가 있다는 거죠?"

대답은 딱히 하지 않았지만 굳어지는 덕이 아재의 표정으로 대

충 짐작이 갔다.

"너도 강 형사 봤을 건데…. 저번에 다방에서 본 신영철이라는

친구를 안다면서 너랑 무슨 사이냐고 묻는 거야."

"그 사람이 형님을 붙잡아 가서 고문했던 사람이라고 영철이 형

이 그랬어요."

"그래서 더 꼬치꼬치 캐물었던 거구나."

다시 무거운 침묵이 둘 사이를 메웠다. 순간 덕이 아재가 하려

는 말은 다른 게 아닐까, 그런 생각이 들었다.

"그날 노리코 아버지는 왜 그렇게 화를 내셨을까요? 다른 이유

가 있는 거죠?"

뭔가 짚이는 게 있어 민위가 그날 숨어서 봤다는 걸 털어놓았다. 덕이 아재도 더 이상 감출 게 없다 싶었는지 입을 뗐다.

"경성으로 자리를 옮기고 싶다면서 강 형사가 그분한테 경무청에 다리를 놓아 달라고 한 모양이야. 노리코 아버님 정도면 총독부나 경무청에 연이 닿을 거라고 여겼던 거지. 그런데 그분이 자기는 정치에 관심도 없고 더구나 사람을 추천할 주제가 못 된다고 잘라 말했다더라. 아마 그것 때문에 꽁해 있었나 봐."

그날 길길이 날뛰던 강 형사가 눈앞에 선연하게 떠올랐다.

"형진이한테 이상한 말 한 건 없지? 아직 어린애라 부지불식간에 헛말 할 수도 있는 거니까. 그래도 규태가 순사부장 아들이라는 건 모르는 눈치더라. 천만다행이지."

잠시 뜸을 들인 후에야 덕이 아재는 조심스럽게 말했다.

"야학당…. 최대한 빨리 정리할 수 있겠냐?"

덕이 아재가 걱정할 만큼 강 형사와 야학당이 무슨 연관이 있는지 도무지 감이 잡히지 않았다.

"경성으로 전출 가려면 뭔가 실적이 있어야 하지 않겠냐?"

덕이 아재의 말에 민위는 뒤통수를 얻어맞은 것처럼 멍해졌다. 며칠 전 형진이 잡책을 보고 했던 말이 목에 가시처럼 걸렸다.

"영철이라는 사람에 대해서는 모르는 게 없더라. 그 사람이 요즘 수상한 일을 벌이는 정보를 입수했다고 할 때는 나도 오싹하더라."

출세를 위해서라면 없는 죄도 만들 인간이라며 덕이 아재는 민위가 영철과 만났다는 사실만으로도 충분히 꼬투리가 될 수 있다고 찜찜해 했다.

민위는 그렇다고 도망치듯 가고 싶지 않다고 했다. 오히려 그게 더 의심을 살지도 몰랐다. 덕이 아재는 최대한 빨리 올라가겠다는 말을 듣고서야 돌아갔다. 민위의 발걸음이 천근만근 무거웠다.

"갑자기 왜?"

내일 저녁 버스로 경성에 올라가자는 말에 규태의 눈이 휘둥그레졌다. 귀찮게 쫓아다니며 꼬치꼬치 물어도 절대 말하지 않을 생각이었다. 규태까지 알게 하고 싶지 않았다. 알아서 좋을 것도 해결될 일도 아니었다. 제풀에 지쳐 입이 댓 발은 빠져나올 줄 알았더니 규태는 금방 비죽비죽 웃었다.

"너 뭐야? 기다렸던 것 같은데?"

"솔직히 노리코가 없으니까 의욕이 점점 떨어지고… 솔직히 경성에 가고 싶거든."

규태는 '솔직히'라는 말을 두 번이나 반복했다.

"그 대신 오늘내일 바짝 해서 최대한 진도를 많이 뺄게."

저도 쑥스러웠던지 민위가 할 말을 규태가 먼저 선수를 쳤다. 집에 다녀오겠다는 민위 말에 부모님이 섭섭하시지 않게 잘 말하라며 규태는 충고 아닌 충고를 했다.

가방 한가득 책을 싸 들고 때 맞춰 형진이 나타났다.

"오늘이 마지막 날이라고요?"

"갑자기 급한 일이 있어서 그렇게 됐어."

"제가 뭐 잘못했어요? 형이랑 공부하는 거 재밌었는데…."

"그런 거 아냐. 그 대신 가지고 온 책 다 꺼내 봐."

형진이 주섬주섬 책을 꺼내 밥상에 올려놓았다. 어제 덕이 아재 이야기를 들었을 때만 해도 형진과 말도 섞고 싶지 않았다. 다시 생각해 보니 형진이 무슨 잘못인가 싶어 씁쓸했다. 민위는 책마다 다시 봐야 할 부분에 동그라미를 치고, 꼭 외워야 할 부분엔 밑줄 을 그었다.

"섭섭해도 사정이 그러니, 네가 말 좀 잘해 줬음 하는데…."

형진이 아버지가 누군지 말하자 어머니는 높은 자리에 있다는 말 은 들었는데 형사인 줄은 몰랐다며 기겁했다.

야학을 접어야 할 거라는 말에 사람들은 아쉽지만 어쩌겠냐는 식으로 되레 민위를 위로했다. 민위는 규태가 만들어 놓은 공책을 나누어 주었다. 혼자 공부하다 모르는 게 있으면 민국이에게 물어 보라고도 일러 주었다.

규태는 일일이 공책 사용법을 알려 주며 아무 데나 던져 두지 말고 틈틈이 들춰 보라는 말도 토씨처럼 달았다.

잠깐 자리를 비웠던 아주머니 몇이 콩이며 푸성귀며 한 보따리 씩 들고 왔다.

"줄 건 없고 내 마음이다."

"그사이 말귀 어두운 늙은이들 가르치느라 욕봤다."

사양했지만 아주머니들도 받기 전에는 안 간다고 버티는 통에 민위는 더 이상 거절할 수 없었다. 규태와 사이좋게 나눠 먹겠다고 했다.

민위도 규태도 경성 주소를 사람들에게 알려 주었다. 사람들이 편지를 쓰겠다고 졸라서였다. 마지막 수업이라는 생각에 민위도 규태도 울컥했다. 자식을 멀리 보내기라도 하는 양 사람들은 마루에 앉거나 마당에서 서성대며 좀체 갈 생각을 하지 않았다. 덕이 아재와 은순 누나가 나와 달래서야 마지못해 돌아갔다.

다음 날 점심 지나 덕이 아재와 규태가 집으로 왔다. 어머니는 규태를 보자 맨발로 뛰어나왔다.

"우리 민위한테 잘해 줘서 고맙구먼. 말로는 내 맴을 다 보여 줄 수 없는 게… 아버지께 감사하다는 말 꼭 전해 주면 좋겠구먼."

어머니는 규태 손을 잡고 놓을 생각을 안 했다. 아버지가 옆에서 헛기침을 몇 번이나 하고서야 겨우 손을 놓았다.

덕이 아재가 쌀과 된장, 참기름 등 작은댁에 보낼 것과 짐을 자전거 뒤에 실었다. 그러고도 남는 짐은 민위와 규태가 나눠 짊어졌다.

"나중에 연락하마."

덕이 아재의 작별 인사는 짧았다.

발각된 편지

시끌벅적한 말소리가 계단 아래에까지 들렸다. 민위는 반가움에 계단을 빠르게 뛰어 올라갔다.

"이거 규태 형이 다 한 것 맞아요?"

"물어보나 마나라니까. 왜 날 못 믿는 거야?"

식식대던 규태가 민위를 보고 꽤나 반가워했다.

"다 규태가 했어. 얼마나 열심히 했는데. 그런데 다들 규태 정도는 하지 않았어?"

민위가 편들자 규태의 어깨가 한 뼘 올라갔다. 민위는 얼마나 열심히 했는지, 짧은 말로밖에 규태의 노고를 치하하지 못하는 게 아쉬웠다.

"설마 기사도 쓴 건 아니지?"

한수가 눈을 모로 치켜떴다. 아이들이 한꺼번에 민위를 쳐다보았다.

"규태가 쓴 거나 진배없어. 시작이 반인데 취재할 때 규태가 함께했고, 원고 수정할 때 옆에서 거들어 주고 의견도 냈으니까."

"나도 정세권 사장님 기사 썼어. 그런 분이 같은 조선인이라는 게 자랑스러워."

아이들이 더 못 믿겠다는 듯 고개를 내저었다. 규태가 펄쩍 뛰며 정세권에 대해 거품을 물고 떠들어 댔다.

"다들 잘 보냈나 보네."

북새통은 박 선생의 등장으로 잠잠해졌다. 박 선생의 재미있는 일 없었냐는 말에 아이들은 앞을 다퉈 사투리 조사 중에 겪은 이야기를 늘어놓았다. 소한테 뒷발질 당한 이야기, 부두 노동자들을 만나러 갔다 물에 빠져 죽을 뻔한 이야기, 얘기 들어줬다고 점심 얻어먹은 이야기, 몇 시간씩 붙잡혀 이야기를 듣다가 다리에 쥐 난 이야기 등 끝도 없이 이어졌다. 박 선생은 얘기 끝마다 수고했다, 잘했다, 칭찬을 아끼지 않았다.

그런 사이 한수가 아이들의 잡책과 원고를 거둬 박 선생 앞에 쌓았다.

"시월까지 원고 마감이니까, 민위와 규태는 청탁 원고 언제 줄 수 있는지 확인해 보고…. 한수와 기진, 남석이는 학교 소식, 문예란 같은 단신을 정리하도록 하자."

박 선생이 한턱내겠다고 해서 모두 창전동 골목 국밥집으로 몰려갔다. 팥빙수나 냉면을 기대했던 아이들은 싫은 티를 못 내고 쑥

설거렸다.

"이열치열이다. 이럴 때일수록 몸을 잘 다스려야 하는 법이지."

국밥집에서도 아이들은 삼삼오오 모여 앉아 못다 한 방학 이야기를 이어 갔다.

"민위는 나랑 같이 갈 데가 있지?"

박 선생은 석린이 목을 빼고 기다릴 거라며 앞장서 걸었다. 청진동에서 회동까지 걸었더니 땀이 등줄기를 타고 흘렀다.

"네가 만든 교본이 그렇게 대단했다며?"

"그게 무슨 말이오?"

박 선생이 놀라 되물었다.

"영철이 그러는데 민위가 만든 교본대로 하면 금방 한글을 익힐 수 있다고, 작은 외솔 선생이라며 어찌나 자랑을 늘어놓던지 궁금해지더라고요."

석린의 말이 길어질수록 민위의 얼굴이 점점 달아올랐다.

"도대체 어떻게 만들었길래 그러는지 어디 한번 그려 봐라."

박 선생조차 거드는 바람에 민위도 어쩔 도리가 없었다. 민위는 빈 종이에 칸을 긋고 빈칸에 닿소리와 홀소리를 채웠다. 두 사람은 그때마다 큼큼거렸다.

"글자가 만들어지는 이치를 익히니까 한번 배우면 절대 잊어버리지 않겠어. 어떻게 이런 생각을 다 했지?"

별것도 아닌데 두 사람이 감탄사를 연발하니 민위는 더 무안했

다. 오십음도와 구구단 표를 보고 생각했다 그랬더니 그것도 마음
이 있어야 가능한 일이라고 대견해 했다.

말소리가 들려 들어왔다며 물불 선생이 사무실 안으로 들어온
것도 그때였다.

"박 선생님 제자인가 봅니다?"

"안녕하세요, 이민위입니다."

먼발치로, 귀동냥으로만 알던 물불 선생을 눈앞에서 보다니, 민
위의 가슴이 두방망이질쳤다.

석린이 보여 줄 게 있다며 민위가 그린 한글 자모표를 물불 선
생에게 내밀었다.

"여간 기발하지 않네. 외솔 선생이 보면 탐내겠어. 자네 같은 젊
은 사람들이 우리 한글에 이렇게 관심을 가져 주니 참 고마운 일
일세."

물불 선생의 칭찬까지 들으니 민위는 몸 둘 바를 모를 지경이
었다.

"물불 선생님도 네 한글 자모표에 관심이 무척 많으신가 본데."

물불 선생이 나간 후에야 석린이 《한글》지에 실어 보면 어떻겠
냐고 슬쩍 물었다. 그럴 만큼 대단한 건 아니라고 민위가 발뺌을
했지만 석린은 한글 강습회를 담은 영철의 글과 잘 어울릴 것 같
다며 꼬드겼다. 강 형사 일이 떠올라 민위는 더 머뭇거렸다. 어떤
식으로든 덕이 아재한테 폐를 끼치고 싶지 않았다. 민위는 조금 고

민해 보고 답하겠다고 뜸을 들였다.

규성 아버지가 저녁 초대를 했다.

"방학 때 민위한테 신세 진 게 많다고 슬쩍 말을 꺼냈더니 아버지가 그럼 대접을 해야지 그러시는 거야. 노리코 덕분에 야학도 수월하게 했으니 뭐든 보답하고 싶었거든."

규태의 엉큼한 속내가 보였지만, 민위는 그런 생각까지 해낸 규태가 고마웠다. 노리코를 볼 일이 없어 고맙다는 말도 못 했는데 잘됐다 싶었다. 노리코한테 근사하게 대접하고 싶었는데 아쉽다며 규태는 투정을 부렸다.

지난봄에 발표된 국가총동원령 때문에 온 나라가 허리띠를 졸라맸다. 집 안에 있는 쇠붙이는 샅샅이 긁어 갔고 종이 파동을 빌미 삼아 잡지들도 폐간시켰다. 구설수에 오르내릴 일을 할 만큼 심 부장은 허술한 사람이 아니었다.

"규태는?"

"예쁜 누나한테 집 구경 시켜 준대요."

규성이가 실실거리며 뒤꼍을 가리켰다. 뒤꼍 장독대 옆으로는 백일홍과 접시꽃이 촘촘히 심어져 있었다. 민위는 장독대를 지나쳐 웅성대는 소리를 따라 광 쪽으로 갔다. 마침 규태와 행랑아범이 낑낑대며 김칫독보다 큰 항아리를 옮기는 중이었다.

"굉장히 큰 도자기네요?"

노리코는 신기한 듯 까치발을 하고 단지 안을 들여다보았다.

"도자기는 아니고…. 옹기지요. 이제 곧 수확 철이라서 광에 들여놓으려고요. 여기에 곡식도 담고 감도 삭히고…. 혼자 쩔쩔매고 있는데 규태 도련님이 이렇게 도와주시네요."

규태가 힘을 보탰지만 항아리는 꿈적도 하지 않았다. 민위가 거들고서야 간신히 항아리를 광으로 옮겼다. 광 안에는 비슷한 크기의 항아리들이 눈대중으로도 대여섯 개는 됐다.

"시골에서 가을 되면 쌀이랑 뭐 그런 게 올라오거든. 아버지한테 땅이 좀 있나 봐."

규태가 대수롭지 않다는 듯 콧마루를 실룩였다.

좀체 맛볼 수 없는 불고기와 갈비찜으로 단단히 눈 호강까지 한 상차림이었다. 모든 음식이 입에서 살살 녹았다. 이름만으로도 웬만한 사람을 오금이 저리게 한다는 심 부장도 집에서는 평범한 아버지라는 게 믿기지 않아 민위는 몇 번이나 심 부장을 힐끔거렸다.

"노리코 양은 곧 본국으로 돌아가겠군?"

"네. 여학교 졸업하면 그럴 생각이에요."

"나도 일본 유학 가고 싶은데…."

"민위랑 같이 놀러 와. 동경에서 다시 만나면 정말 좋겠다."

심 부장은 그럴 실력만 되면 그렇게 하라고 말했다. 그 말에 힘을 얻었는지 규태는 공부 열심히 해서 꼭 가겠다고 목에 힘을 줬다. 즐거운 상상에 잠깐 마음이 들뜬 것만 해도 충분히 멋진 저녁

만찬이었다.

저녁을 먹은 뒤 규태는 노리코를 위해 특별히 만들었다는 찹쌀떡을 민위에게도 한 보따리 싸 주었다. 그게 무슨 의미일지 짚으면서도 민위는 말없이 받아 들었다. 공부라면 언제라도 규태를 도와줄 용의가 있었다.

개학을 하고 바쁜 일상이 시작되었다. 문예부에서는 교지 제작에 바짝 열을 올렸다.

민위가 덕이 아재 때문에 망설이고 있을 때 영철에게 얘기 들었다며 창제가 서울에 올라왔다. 기철이 대신 책을 사러 올라온 거라고 했지만 금방 들통 날 핑계였다.

"너 《한글》지에 글 실리는 거 왜 반대하는데? 난 네 한글 자모표 꼭 실어야 한다고 생각해. 그거 보고 더 많은 조선인들이 한글을 배울 수 있으면 얼마나 좋겠어. 난 그걸 네가 만들었다는 말을 듣고 내 친구라고 자랑까지 했는걸."

인사동 제과점에서 만난 창제는 말할 틈도 안 주고 제 말만 했다. 창제의 흥분을 누그러뜨리기 위해 민위는 덕이 아재 이야기를 꺼냈다. 다 듣고 나서 창제는 겨우 그런 이유 때문이냐며 되레 화를 냈다.

석린에게서 영철이 원고를 완성해 집으로 보내 주었다는 말을 들은 지 며칠 뒤였다. 그날도 규성이 과외 때문에 규태 집으로 갔다. 대문을 들어서는 민위를 보고 행랑아범이 달려 나왔다. 덕이 아재라는 사람이 한 시간 뒤에 전화할 거라는 말을 전했다. 무슨 일인가 싶어 민위는 한 시간 내내 심장이 널뛰듯 했다.

"영철이 조선어학회에서 일한 적 있다면서?"

전화기 속 덕이 아재의 목소리가 서늘했다.

"일한 건 아니고… 일하려고 했는데, 그게 잘 안 됐나 보던데요. 그런데 무슨 일 있어요?"

그제야 덕이 아재는 며칠 전 강 형사가 불러서 경찰서에 다녀왔다고 했다. 그곳에서 영철이가 조선어학회에서 일하려고 혈서를 보낸 일이며 한뫼 이윤재 선생 댁에 여섯 달 함께 있었던 것을 알게 됐다며 사실이냐고 되물었다. 민위는 그런 것 같다고 말했다.

"사투리 조사 그것도 조선어학회에서 시킨 일이야?"

"아뇨. 우리 문예부에서 자발적으로 한 활동이에요."

아무 말이 없던 덕이 아재는 강 형사가 엊그제 영철의 집을 수색해서 석린과 주고받은 편지를 찾아냈고 아무래도 그걸 빌미로 무슨 일을 벌일 것 같다며 걱정했다.

"편지에는 무슨 내용이 있었는데요?"

"그것까지야 모르지. 내용이 뭐 중요하겠냐? 작정하고 뒤집어 씌우면 그게 죄가 되는 거지."

알 수 없는 불길한 기운에 민위는 다리가 푹 꺾였다.

"사전 만드는 일을 치안유지법과 연결시키기만 하면…. 경성 올라가는 데 그만한 실적이 어디 있겠냐? 아무래도 예감이 좋지 않으니 몸조심해라."

　덕이 아재는 강 형사가 조선을 발칵 뒤집을 만큼 큰일이 될 거라고 장담한 게 마음에 걸린다며 겁에 질려 있었다. 강 형사 말을 곱씹어 보니 아무래도 조선어학회를 노리는 것 같다며 넘겨짚었다. 영철이 혈서 쓴 이야기는 본인이 떠들고 다니지 않으면 절대 모를 일이고 한뫼 선생 댁에 유숙한 것까지 아는 걸 보면 간단히 넘어갈 것 같지 않다는 거였다. 유철 형 일로 한 계급 특진하기까지 한 강 형사이니 더한 일을 벌이고도 남을 거라고도 했다.

　덕이 아재의 말이 웅웅거려 민위는 한잠도 못 잤다. 빨리 박 선생을 만나야겠다는 생각뿐이었다.

항아리 작전

다음 날, 민위의 말을 듣자마자 박 선생은 조퇴계를 내고 조선어학회로 달려갔다. 민위에게는 따로 문예부 부원들을 잘 챙기라는 부탁도 했다.

"너 무슨 일 있지?"

규태가 옆에서 알짱대며 몇 번이나 물었다.

"아냐. 잠을 설쳐서 그래."

민위는 규태에게 말할까 말까 몇 번 고민했지만 그건 아니다 싶었다. 수업이 끝나자 민위는 가만히 앉아만 있을 수 없었다.

"오늘 문예부 모임 있는 거 알지? 박 선생님도 조퇴하셨는데 너까지 빠지겠다고?"

한수가 민위 앞을 가로막았다. 규태는 벌써 문예부실로 올라갔는지 코빼기도 안 보였다. 2학기가 되면서 규태는 문예부 일에 더열심이었다. 박 선생님 모시고 올 거라는 민위의 말에 한수가 아이들과 교정 보고 있을 테니 금방 오라며 팔을 놓아주었다.

조선어학회 사무실은 전에 없이 어수선했다. 민위가 얼떨떨해
하자 박 선생이 낮은 소리로 말했다.

"조선에 발령받은 사람인데 조선어사전을 구할 수 있냐고 물었
다는 거야. 그 전화 때문에 다들 모여 있는 거고."

수상한 전화라니? 민위가 이맛살을 찌푸렸다.

"일본인이라면서 조선말을 잘하는 것도 그렇고, 일본 관리들을
위해 만들어 놓은 '일한사전'이야 서점에 가면 얼마든지 구할 수
있을 텐데 군이 여기로 전화한 것도 찜찜해. 처음엔 별난 사람이라
고 생각했는데, 박 선생님 말씀 들으니 네가 말한 그 강 형사 같다
는 생각이 들더라고."

말이 길어질수록 석린의 얼굴도 점점 흙빛이 되었다. 민위는 의
자에 앉지도 않은 채 서성이는 편찬위원들에게 지난밤 덕이 아재
와 통화한 내용을 얘기했다.

"사전 원고를 당분간 다른 데로 옮깁시다. 만약의 경우를 대비
하는 게 좋을 것 같소."

물불 선생이 굳은 얼굴로 편찬위원들을 둘러보았다.

"어디로 말입니까? 우리가 연구기관이라는 걸 경무청도 내무성
도 다 아는데 그렇게까지 할 필요가 있겠습니까?"

외솔 선생이 강한 어조로 말하자 편찬위원들 몇이 고개를 끄덕

였다.

"죄송합니다. 모두 제 잘못입니다. 저는 제 집 주소로 영철의 편지를 받고 조심한다고 했는데…. 영철에게 미처 그런 얘기를 해 주지 못했습니다."

"이제 와서 잘잘못을 따져 봐야 무슨 소용인가?"

석린이 어쩔 줄 몰라 하자 외솔 선생이 안심시키듯 말했다.

"설마 지하까지 수색하겠어요?"

한 위원이 지하는 안전하지 않겠냐고, 그 많은 원고를 한꺼번에 옮길 만한 데를 찾는 것도 문제라고 말했다. 다들 그 말에 수긍하는 눈치였다. 강력하게 원고를 옮기자는 물불 선생도 그런 의견에는 잠시 말을 잃었다.

"물불 선생님 말씀도 맞는다고 봐요. 뭐든지 조심해서 나쁠 건 없잖습니까? 문제는 어디로 옮기는 건가인데…."

이야기는 다시 원점으로 돌아갔다.

"사전 원고 옮길 만한 데가 있긴 한데요…."

민위에게 사람들의 시선이 일제히 쏠렸다.

"어디?"

민위는 규태네 광에 있던 항아리 이야기를 꺼냈다. 민위는 규태가 도와주면 불가능한 일은 아니라는 말을 덧붙였다. 박 선생이 망설이듯 규태는 종로서 순사부장의 아들이라고 말했다.

"사자 입에 먹이를 던져 주자는 게 말이 됩니까?"

"순사부장 집이라니, 너무 위험한 일이야."

위원들이 술렁댔다. 어떤 위원은 어린애 말을 꼬박꼬박 듣고 있는 게 어이없다며 험악한 얼굴을 했다. 술렁거림이 좀체 가라앉지 않았다. 총독부가 사전 편찬을 치안유지법 위반으로 걸고 넘어지면 10년 준비해 온 게 물거품이 될 거라는 물불 선생의 말에 사무실은 침울한 분위기에 휩싸였다.

"지금 상황에서는 그게 최선이라고 생각하오. 순사부장 집까지 수색하지는 않을 테고 항아리 안에 숨겼을 거라고는 꿈에도 생각 못 할 거요. 등잔 밑이 어둡다고 하지 않소?"

물불 선생의 강경한 말에 한숨과 신음소리만 이어졌다. 달리 뾰족한 방법이 없었다.

"장소만 있으면 뭐 합니까? 그 원고를 어떻게 옮기시려고요?"

"그건 저희들이 하겠습니다."

불쑥 던진 제 말에 가장 놀란 건 민위 자신이었다. 민위는 이번 일이 자기 탓인 것만 같아 마음이 불편했다. 춘천에 간 것도, 영철을 만난 것도, 한글 자모표를 만든 것도 모두 자기만 없었으면 벌어질 일이 아니었다.

"학생들이 들락거리는 게 훨씬 안전합니다."

박 선생이 민위의 속을 들여다본 듯 그렇게 말했다. 민위가 나설 때는 주저하던 위원들이 박 선생의 말에는 딴지를 걸지 않았다.

"제가 순사부장 아들을 만나 보는 게 좋지 않을까요?"

박 선생은 그 일은 자기한테 맡기라며 석린을 말렸다.

"지하실이 발각되지 않으면 좋겠지만 그래도 만약이라는 것도 있으니 원고를 옮기는 걸로 하죠. 지하실이 아예 비어 있으면 그것도 수상하니 폐기 처분해도 될 원고 뭉치는 남겨 두기로 합시다."

한뫼 선생이 나서서 이미 출판 원고로 확정된 것과 정리가 필요한 원고만 옮기고 교정용으로 썼던 원고와 그사이 사람들이 보내온 사투리 캐기 잡책은 남겨 두는 걸로 정리했다. 일사천리로 일이 진행되었다.

"사투리 원고도 챙겨야 하지 않아요?"

석린이 이미 별도로 원고 정리를 해 두었다며 걱정하지 말라고 했다. 그러고는 문예부에서 가져온 잡책을 다시 싸 주었다. 문예부 활동으로 만든 것이니 이곳에 있으면 오히려 오해를 살 수 있다는 게 이유였다.

"넌 그런 걸 어떻게 생각해 낸 거야?"

그런 생각은 아무나 하는 게 아니라며 석린이 자못 궁금한 얼굴을 했다.

"소설가 성함은 잘 기억이 안 나는데 일본어로 글을 쓸 수 없다며 절필을 하셨대요. 그 후로 쓴 글은 모두 독립하면 출간할 수 있게 항아리에 숨겨 둔다는 말을 들었어요."

"훌륭하신 분이다. 일제에 아부하는 글이 아니면 발표할 지면을 주지 않으니 그러는 모양이군. 일제에 들러붙은 작가들은 부끄러운 줄도 모르는데….”

석린이 민위에게 여러 번 고맙다는 말을 했다. 민위는 항아리 작전이 무사히 끝나면 그때 인사를 받겠다고 했다. 박 선생과 민위는 서둘러 학교로 향했다.

수업이 일찍 끝나는 목요일 오후에 원고를 옮기기로 정해졌다. 마침 그날은 규성 어머니를 따라 행랑어멈과 아범이 종로 시전과 동대문 시장으로 장을 보러 가는 날이었다. 다음 주에 시제가 있어 제수를 다 장만하려면 저녁이 이슥해서야 돌아올 거라는 규태의 말 때문이었다.

“괜찮겠어?”

“안 괜찮을 게 뭐 있어? 내 걱정은 말고 너나 잘해.”

선선하게 말했지만 규태의 얼굴에도 미묘한 긴장감이 돌았다. 그걸 보니 민위는 규태의 생각도 물어보지 않고 덜컥 일을 벌인 게 못내 마음에 걸렸다.

“네 아버지한테 들킬 수도 있어. 너무 쉽게 생각하는 거 아냐?”

“이 방법 말고 다른 게 있어?”

“그런 건 아니지만….”

말끝을 흐리는 민위의 얼굴을 보고는 규태가 비밀인 듯 속삭였다.

“나한테 다 방법이 있어.”

"무슨?"

"들키면 아버지한테 자원 입대할 거라고 협박할 거야."

"뭐!"

민위는 어이가 없었다. 아무리 심 부장이라도 아들을 사지로 내몰지는 않을 거라며 자신했다. 마냥 둘러대는 말 같지는 않았다.

한수와 기진이 아이들이 가방에서 빼낸 책과 공책을 가지런히 책장 아래 서랍에 채워 넣었다. 빈 가방을 받아 든 아이들의 표정이 자못 결연했다.

고학년 아이들은 교복 겉에 걸칠 옷과 보자기를 가지고 왔다. 문예부 모임 때 민위와 박 선생의 이야기를 듣고 한수가 한꺼번에 어학회로 학생들이 들락거리면 이상할 테니 반은 교복 차림으로 반은 평상복으로 나눠 가자는 의견을 냈다. 아이들이 스스로 두 패로 갈려서 조선어학회와 규태 집에 들어갈 시간과 순서를 정했다. 박 선생이 미리 어학회 사무실에 가 있을 테니 시간차를 두고 들어오라고 했다. 중간에 순사에게 잡히면 박 선생을 뵈러 가는 길이라고 둘러대자고 입을 맞췄다.

민위는 일찌감치 규태네 집에 도착했다. 오늘따라 가방이 묵직했다. 어학회에 들러 사전 원고를 가방 가득 채웠기 때문이다. 규태가 민위 책가방을 받아 들고 앞장섰다. 민위는 떨리는 손으로 나무 걸쇠를 밀었다. 규태의 입가에 고였던 웃음이 사라졌다. 걱정

말라고 큰소리쳐도 얼굴은 바짝 얼어 있었다.

"내 건 벌써 넣어 뒀어. 네 것도 빨리 넣어."

민위가 나무 받침대 위로 올라섰다. 잔뜩 허리를 굽혀 반쯤 몸을 항아리 안으로 집어넣었다. 생각했던 것보다 항아리 안은 훨씬 깊고 넓었다.

"넌 이제 들어가서 규성이 공부 봐줘. 나머지는 내가 알아서 할게."

민위가 꾸물대자 규태가 빨리 가라며 눈에 잔뜩 힘을 주었다.

규성이는 무슨 낌새를 챘는지 자주 민위 표정을 살폈다. 민위 역시 아무렇지 않은 얼굴을 하고 싶었지만 귀는 대문 쪽으로 자꾸 쏠렸다.

"누가 오기로 했어요?"

"아니, 문제 풀고 있어. 변소에 갔다 올 테니."

"혹시 설사병 걸렸어요? 벌써 네 번째인 것 같은데…."

후다닥 마당을 뛰어가는 발소리에 민위는 가만있을 수가 없었다. 민위는 대충 신발을 꿰신고 뒤꼍으로 갔다. 규태에게 가방을 건네던 기진이 어색하게 웃었다.

"사람들 눈을 피하느라 동네를 세 바퀴도 넘게 돌았어요."

얼마나 조바심치며 돌아다녔는지 서늘한 날씨에도 기진의 이마에 송송 땀방울이 맺혀 있었다. 빈 가방을 받아들고는 들어올 때처럼 사람 없을 때 나갈 테니 조심하라며 기진이 숨죽여 말했다. 누가 다음 차례냐는 말에 한수랑 두 명이 올 거라고 했다. 기진이 나가자마자 아직 빈 곳이 많은데도 규태가 항아리 안에 보리쌀을 바가지째 퍼부었다.

"이렇게 해야 완벽하지 않겠어?"

"잘했어."

규성이는 문턱에 붙어 있다가 민위가 문을 열자 엉덩방아를 찧었다.

"무슨 일 있는 거 맞죠?"

"문제는 다 풀었어? 뭐야, 틀렸잖아."

민위가 문제집을 들여다보며 공연히 트집을 잡았다.

얼마나 지났을까? 바깥에서 날카로운 비명소리가 들렸다. 규성이도 민위도 허겁지겁 방을 뛰어나갔다.

"이게 뭐니?"

민위 눈에 규성 어머니의 손이 대문짝처럼 크게 들어왔다. 이 시각에 그녀가 집에 들어오는 건 예정에 없던 일이었다. 지게 작대기가 땅에 찍히는 소리가 점점 가까이 들렸다. 민위와 규태의 얼굴이 흑빛으로 변했다.

"아저씨, 물건은 대청에 내려놓으세요. 금방 나갈게요."

"그럽죠."

돌아서는 발소리가 들렸다.

"바른대로 말 안 하면 아버지한테 말할 수밖에 없어. 그러길 바라는 건 아니지?"

"절대 말 못 해요."

규태가 입술을 깨물며 뻗댔다.

"그럼 나도 어쩔 수 없다. 이 길로 아버지한테 전화하는 수밖에."

규성 어머니의 얼굴이 싸늘하게 굳었다. 규태는 불끈 주먹을 쥐고 눈에 바짝 힘을 주었다.

"그건 안 돼요."

규성이 소리치며 뛰어가 그녀를 끌어안았다. 심 부장한테 얘기하면 규태가 죽을 거라며 규성이 울먹였다.

"제가 모두 계획한 일입니다. 규태는 아무 잘못도 없습니다. 그러니 저를…."

민위는 망설임도 없이 바닥에 무릎을 꿇었다. 규태도 곧바로 무릎을 꿇었다.

"따라 들어오세요."

마루에 걸터앉아 있던 지게꾼이 세 사람을 보고 주춤주춤 일어났다.

"제가 단지에 쌀 부어 드리고 가야 하는 건데. 자루도 아직 쓸 만해서…."

마루에 부려놓은 쌀자루에 지게꾼의 눈이 자꾸 갔다.

"자루는 뭐에 쓰시려고요?"

"아직 멀쩡해서 마님이 주시면야 쓸 데야 많죠?"

지게꾼은 다 잡은 고기를 놓친 것처럼 연신 입술을 오물거렸다.

"섭섭하시지 않게 지게 품삯에 조금 더 얹었어요."

손에 쥐어 준 지전을 보고 지게꾼의 입이 헤벌쭉 벌어졌다.

"규성이는 어서 네 방으로 들어가고…."

민위와 규태는 규성 어머니를 따라 방으로 들어갔다.

"옆집 아주머니를 시장에서 만났는데 낯선 사람들이 집에 들락 거린다고, 무슨 일 있냐고 묻더군요. 무슨 일이 있나 싶어 급히 달려온 거예요. 어떻게 된 일이에요?"

민위를 쳐다보는 규성 어머니의 얼굴에 찬바람이 돌았다. 사람들 눈에 띄지 않도록 조심한다고 했는데 예상도 못 한 일이 벌어진 거였다.

민위는 이왕 이렇게 된 일, 숨기는 것보다 솔직하게 털어놓기로 마음먹었다. 따지고 보면 항아리에 사전 원고를 넣자고 한 것도, 아이들을 이 일에 끌어들인 것도 자신이었다.

"민위한테 뭐라 그러지 마세요. 이 일의 책임은 저한테 있으니까요. 아버지한테 고해바쳐도 할 말은 없지만…."

"넌 아무 잘못 없어. 사실은 그게…."

민위가 여름방학 때 춘천에 내려간 일, 영철 형과 강 형사의 엇갈린 악연, 석린과 영철이 주고받은 편지가 발각된 이야기와 사전 원고 등에 대해 털어놓았다. 민위 이야기를 다 듣고서도 규성 어머니는 좀체 입을 떼지 않았다. 모든 게 규성 어머니의 마음에 달린 셈이었다. 민위는 목이 졸린 것처럼 숨이 막혔다.

"이 일이 발각돼서 두 사람이 무슨 일을 벌였냐고 규성 아버지가 묻는다면 난 선생님한테 들은 얘기를 솔직하게 말할 수밖에 없어요. 어쨌든 난 순사부장의 안사람이니까요. 하지만 지금 난 아무것도 못 본 거예요. 옆집 아주머니 입단속을 해야 하니 다시 나가 봐야겠네요. 규성 아버지 들어오시기 전에 끝냈으면 좋겠어요."

어리둥절해 하는 민위와 규태 앞을 지나 규성 어머니가 문 쪽으로 다가섰다.

"손을 넣어도 만져지지 않게 원고를 더 꺼내는 게 좋겠어요. 규성이한테는 내가 잘 얘기할게요."

규성 어머니가 나간 뒤에도 두 사람은 정신을 차릴 수 없었다. 한참 후에야 둘은 누가 먼저랄 것도 없이 무너지듯 바닥에 주저앉았다.

새 로 운 시 간

　예상했던 대로 이틀 뒤 강 형사를 앞세운 종로서 순사들이 어학회 사무실로 들이닥쳤다. 석린의 책상을 다시 뒤졌지만 영철의 편지를 찾지는 못했다. 헛걸음한 게 억울했는지 경찰들은 쑥대밭이 되도록 사무실 여기저기를 다 헤집어 놓았다.

　"사전 편찬은 조선인의 말을 되살리는 일이니 독립운동이나 진배없소. 엄밀하게 말하면 천황과 우리 총독부의 정책에 맞서는 반역 행위요. 치안유지법에 위배된단 말이오."

　강 형사가 책상을 내리치며 고함을 질렀다. 편찬위원들은 한두 번 당하는 일도 아니라는 양 순사들이 하는 짓을 지켜보기만 했다. 잔뜩 독이 오른 순사들은 물불 선생의 살림집에까지 구둣발로 쳐들어갔다. 아무것도 나오지 않자 강 형사는 누가 정보를 흘린 거 아니냐며 길길이 날뛰었다. 순사들이 강 형사한테 지방 형사 하나가 종로서를 우습게 만들었다며 분통을 터뜨렸다.

"이래도 증거가 없단 말이오? 여기 받는 사람이 이석린이라고 버젓이 적혀 있지 않소? 신영철 그놈 형은 조선어 연구 활동을 하다가 잡힌 사상범이란 말이오."

종로서 순사들을 몰아세우며 강 형사가 영철의 편지를 들이밀었다.

"석린이 죄 없다는 게 밝혀지면 돌려보내 주시오."

종로서 순사들은 석린만 체포하는 걸로 일을 마무리했다. 강 형사가 반역 행위의 증거라고 우기는 바람에 지하실에 있던 원고 뭉치는 닥치는 대로 실어 갔다. 순사들이 돌아간 후에야 다들 원고를 숨기기를 잘했다며 안도했다.

종로경찰서에선 편지 하나로 조선어학회 위원들을 치안유지법 위반으로 잡아넣을 수 없다고 잠정적으로 결론을 내렸다. 그 말을 들은 민위와 규태, 문예부 아이들은 목소리를 죽인 채 서로를 끌어안았다.

이틀 뒤 강 형사가 종로경찰서에 다시 나타났다. 이번엔 춘천 경찰서장의 수사 협조 공문을 들고서였다. 총독부에까지 이미 다 보고했다는 강 형사 말에 종로 경찰서장도 할 말을 잃었다.

강 형사는 사상범인 신영철이 규태와 민위와 만나는 현장을 직접 목격했고 배재고보 학생 둘이 조선어학회의 명령을 받고 춘천에 내려와 사전 편찬을 돕는 야학당을 열었다며 더 철저한 수사가 필요하다고 우겼다. 또 야학당을 연 학생 중 하나가 순사부장의 아들이고 자기 아들도 민위의 방에서 시골말 캐기 잡책을 보았다며 당장 확인해야 한다고 경찰서장을 을러댔다.

경찰서장은 강 형사의 말만으로는 판단하기 어려우니 심 부장에게 알아보겠다며 서장실로 들어갔다. 그런 사이 강 형사는 사상범을 잡아 특진한 걸 자랑하며 자기를 도와주면 1계급 특진은 문제없다며 흰소리를 늘어놓았다.

"심 부장님은 문예부 활동을 한 거라는데… 강 형사가 뭘 잘못알고 있는 거 아냐?"

"같은 경찰이라고 감싸는 겁니까? 심 부장 집 주위를 탐문했는데 그날 심 부장의 집에 낯선 사람들이 들락거린 것을 봤다는 증인도 있었단 말이오. 난 그 사람들이 조선어학회 사람들일 거라고 확신하고 있소. 정말 수색을 안 하겠다는 겁니까? 이렇게 나오면 저도 총독부에 고발하는 수밖에 없습니다."

"누가 수색을 안 한다 그랬나? 심 부장도 이 일에 한 점의 의혹이 남지 않도록 적극 협조하겠다고 했소."

강 형사와 함께 순사들이 규태네 집에 들이닥친 것은 저녁 무렵이었다. 규성 어머니가 무슨 일이냐며, 심 부장도 아는 일이냐며 따져 물었다.

잠시 후 전화가 울렸다. 심 부장이었다. 규성 어머니가 강 형사에게 전화기를 내밀었다.

"무슨 의도로 내 아들을 사상범으로 모는지 모르겠지만 만약 아무것도 찾아내지 못하면 나도 가만있지 않겠소."

심 부장이 단단히 쐐기를 박았다. 강 형사의 얼굴이 심하게 일그러졌다.

"규성이는 아버지 방에 들어가 있어. 선생님도요."

규성 어머니에게 인사를 하는 둥 마는 둥 순사들은 순식간에 뿔뿔이 흩어졌다. 사전 원고를 찾겠다며 행랑채와 마루 밑, 부엌 찬장 안과 다락방까지 샅샅이 뒤졌다.

"여러 뭉치로 나눠서 숨겼을 테니 한 곳도 허투루 살펴서는 안 될 것이오."

강 형사의 고압적인 말투에 순사들은 억지로 참는 기색이었다.

"사전 원고를 찾는다고 편찬위원들 집을 죄다 수색했소. 아무 데도 없었단 말이오. 아무리 간 큰 어학회 놈들이라 해도 순사부장 집에 그딴 걸 숨기다니… 그게 말이 된다 생각하시오? 만약에 아무것도 안 나오면 그 불똥이 우리에게 튄다는 걸 알고 하는 말이냐 이거요?"

종로서 형사부장이 강 형사를 세차게 몰아붙였지만 강 형사는 눈도 꿈쩍하지 않았다.

"지난번 어학회에서 가져온 원고 뭉치들, 뭔가 이상하지 않았소? 모두 여기저기에서 보낸 우편물과 공책 나부랭이에다 하나같이 낙서투성이 원고들뿐이었소. 그렇다면 진짜 사전 원고는 분명 다른 곳에 숨겼을 게 확실하오. 아무도 의심하지 않는 곳 말이오."

강 형사가 주춤대는 순사들을 닦달했다. 다급한 발소리와 거칠게 문을 여닫는 소리가 들릴 때마다 규성이 파랗게 질렸다.

한 시간을 뒤져도 먼지 한 톨 나오지 않자 순사들이 강 형사를 죽일 듯이 노려보았다. 이 모든 분란의 중심에 강 형사가 있기 때문이었다.

"뒤꼍에 광이 있던데 거기도 뒤져 봤소?"

"특별히 이상한 건 없던데…. 누가 그런 데다 숨기겠소?"

뒤꼍을 뒤졌던 순사가 시큰둥하게 말했다.

"흙 속에 진주… 그딴 말도 못 들어 봤소? 경성 살면 뭔가 다를 줄 알았더니 별것 아니네. 따라오시오."

"나도 뒷말 나는 건 싫어요. 우리 바깥양반도 나랑 같은 생각일 테니 한 군데도 빼놓지 말고 샅샅이 뒤지세요."

규성 어머니가 강 형사의 꼭뒤에 대고 단단히 일렀다. 문틈으로 새어 들어오는 말소리에 민위는 오금이 저렸다. 바짓가랑이를 놓지 않는 규성이를 간신히 달래고 민위는 방을 나섰다. 문앞에 있던 규성 어머니가 별일 없을 테니 다시 들어가라는 손짓을 했다. 불안한 마음에 민위는 방 안을 서성거렸다. 한참 뒤에 강 형사와 뒤따라갔던 순사들이 빈손으로 돌아왔다.

"심 부장님께 볼 낯이 없게 됐소. 이게 대체 무슨 꼴이오."

"분명 여기 어딘가 있을 텐데…."

강 형사가 석연치 않은 얼굴로 웅얼거렸다.

"강 형사 당신이 직접 다 뒤졌지 않았소? 쌀 항아리 안까지 다 헤집어 보고선 왜 딴소리 하는 거요?"

쌀 항아리라는 말에 민위의 가슴이 덜컥 내려앉았다. 강 형사가 다시 한 번 수색해야 한다고 억지를 부렸지만 누구 하나 동조하지 않았다.

종로서 형사부장이 몇 번이나 죄송하다는 말을 한 후 몰려나갔다 민위는 당장 뛰쳐나가고 싶었지만 규성이 손을 잡고 놔 주지를 않았다.

마루에 주저앉은 규성 어머니는 민위가 나오는 것도 알아채지 못한 듯 얼이 빠져 있었다.

"드디어 끝났나 보네요. 오늘 밤엔 발 뻗고 자겠어요."

규성 어머니의 얼굴 위로 안도의 웃음이 번졌다.

드디어 교지 편집본을 인쇄소에 넘긴 날이었다. 문예부원들이 인쇄소 근처 빵집에 모였다. 거센 폭풍을 온몸으로 맞는 것처럼 힘든 며칠을 보낸 후였다. 홀가분하다는 게 이런 걸까 싶을 정도로 다들 편안한 얼굴이었다.

탁자 위에 찐빵과 도넛이 푸짐하게 차려졌다.

"너 아버지한테 들키면 진짜 자원 입대하려고 했던 거야?"

민위가 규태 쪽으로 잔뜩 몸을 기울였다.

"미쳤냐? 당연히 안 들킬 줄 알았지. 항아리 작전, 진짜 완벽하지 않았어?"

규태가 설탕 묻은 입술을 손으로 닦아 냈다.

"그사이 교정 보느라 고생했다. 너희들 덕분에 무사히 교지도 복간했고…. 나머지는 말 안 해도 알겠지?"

좀체 마음을 드러내지 않는 박 선생의 눈가에 설핏 물기가 어렸다. 아이들도 한마음이었는지 숙연해졌다.

"제일 마음고생이 심했던 건 부장이랑 규태였을 거예요."

한수가 바짝 붙어 앉은 둘을 보며 말했다.

"민위 형은 천재예요. 어떻게 그런 생각을 해냈는지… 지금도 그때 생각하면 오싹하다니까요."

기진이 거북목을 만들며 몸을 떨었다. 그 꼴이 우스워 아이들은 허리가 젖히도록 웃어 댔다.

"나야 부장한테 신세 진 게 많아 그렇다 쳐도 누구 하나 못 한다 그러지 않아서 놀랐어. 솔직히 말하면 감동했다고나 할까?"

민위가 끼어들 틈도 없이 규태가 벌떡 일어나 넙죽 고개를 숙였다.

"그날 난 두꺼운 옷을 껴입어서 쪄 죽는 줄 알았다니까."

"동네 아주머니가 자꾸 어디 찾냐고 물어 대는 통에 진땀 뺐어요."

아이들이 너나없이 한마디씩 했다. 큰일을 무사히 치르고 났으니 할 수 있는 말들이었다.

"지금도 규태한테 궁금한 거 하나 있는데, 그날….."

"그날 뭐….."

"순사들이 집에 들이닥친 날, 도대체 넌 어디 있었어? 규성이 어머님한테는 미안하지, 들통 날까 싶어 내가 얼마나 마음 졸인 줄 알아?"

"순사들이랑 강 형사 놈이 들어가는 걸 봤거든. 냅다 부립도서관으로 도망쳤지. 강 형사 그놈이랑 부딪히면 좋을 일 없잖아. 뭐니 뭐니 해도 이번 작전의 일등 공신은 어머니지. 안 그래?"

"어, 어머니? 이제부터 어머니라고 부르기로 한 거야?"

민위가 눈을 동그랗게 치떴다. 한 번도 규태가 '어머니'라고 부르는 걸 본 적 없어서 민위는 더 놀랐다.

"목숨을 빚졌는데 그 정도도 못 해 주겠냐?"

"잘 생각했어. 난 숨도 못 쉬겠던데, 그날 어머니는 순사들 앞에서도 얼마나 당당하시던지 대단하신 분이다 싶더라고."

민위가 규태의 어깨를 그러안았다. 아이들이 무슨 일이냐며 졸라 대는 통에 어쩔 수 없이 민위는 그날 일을 털어놓았다. 아이들도 박 선생도 민위의 이야기에 귀를 기울였다.

"민위 얘기 들으니 너희들이 더 대단하구나. 내 제자라는 게 자랑스럽고. 조선어학회 선생님들도 이 이야기 들으면 많이 놀라시겠다."

아이들이 당연히 해야 할 일이었다며, 빨리 사전이 편찬되었으면 좋겠다는 말을 돌림 말처럼 되풀이했다.

"선생님, 궁금한 거 있는데 여쭤봐도 돼요?"

규태가 정색하고 물었다. 아이들도 궁금한 얼굴을 감추지 않았다.

"글도 못 쓰고 수업 태도도 불량한 저를 왜 문예부에 받아 주셨어요?"

"내 대답은 네 안에 있는 것 같은데."

그게 무슨 대답이냐고 투덜댈 줄 알았던 규태가 주저 없이 제 가슴에 손을 얹었다.

"아, 뭔 줄 알겠어요."

아이들 모두 규태를 따라 손을 가슴에 갖다 댔다. 뭔가 뭉클한 것이 목울대를 타고 올라왔다.

"나도 이번 학기 끝나면 학교를 그만두기로 했다. 그사이…."

"왜요?"

아이들도 민위도 눈이 휘둥그레졌다. 그사이 총독부나 경찰서로부터 해코지나 협박을 받아 온 걸까 하는 걱정에 민위의 얼굴이 절로 일그러졌다.

"내년에 조선어 수업이 없어진다니 더 이상 선생으로서 할 일도 없고. 이번 일을 겪고 나니까 이제라도 사전 편찬 일을 도와야겠다는 마음이 생기더군."

"그럼 조선어학회 들어가시려고요?"

"그런 건 아니고. 고향에 내려가 한글 보급 운동을 할까 생각 중이다. 한글 강습회를 열든지 아니면 시골말 캐기 운동을 하든지. 설마 할 일이 없겠냐?"

미리 예상한 일이긴 했지만 박 선생이 너무 담담하게 말해서 다들 할 말을 잃었다. 싸한 공기가 가게 안을 채웠다.

"죽으러 가는 것도 아니고…. 아직 방학까지는 시간 많이 남았잖아? 우리 고향에 내려오면 먹고 자는 거 내가 다 책임질 테니까…."

박 선생이 한껏 밝은 목소리로 가라앉은 분위기를 깼다.

"고향이 어딘데요?"

"사투리 조사할 때 저도 끼워 주시면 안 돼요?"

"여동생도 있어요? 예뻐요?"

박 선생은 아이들의 질문에 일일이 답했다. 민위와 규태의 눈이 마주쳤다.

"너도?"

"너도?"

민위와 규태의 입에서 동시에 그 말이 튀어나왔다. 어느새 유리문을 넘은 저녁 햇살이 바닥에 길게 드리웠다.

참고문헌

김태수,《꽃가치 피어 매혹케 하라》, 황소자리, 2005

김흥식,《한글전쟁》, 서해문집, 2014

박용규,《북으로 간 한글 운동가 이극로 평전》, 차송, 2005

박용규,《조선어학회 33인》, 역사공간, 2014

박용규,《조선어학회 항일투쟁사》, 한글학회, 2012

이계형,《최현배》, 역사공간, 2019

이상각,《한글만세, 주시경과 그의 제자들》, 유리창, 2013

정재환,《나라말이 사라진 날》, 생각정원, 2020

조이담·박태원,《구보 씨와 더불어 경성을 가다》, 바람구두, 2005

최경봉,《우리말의 탄생》, 책과함께, 2005

한글학회,《한글학회 100년사》, 한글학회, 2009

허동진,《조선어학사》, 한글학회, 1998

작가의 말

몇 해 전 방송에서 '말모이 대작전'이라는 짧은 동영상을 본 것이 이 이야기를 쓰게 된 계기였다.

'말모이'가 우리말로 사전이라는 뜻이고 주시경 선생이 편찬하려고 했던 사전 이름이라는 것, 그리고 지금의 초등학생과 중고등학생들에 해당하는 아이들이 '시골말 캐기 운동'에 참여했다는 사실은 새롭고 놀라웠다. 일제의 민족말살정책이 극에 달했던 시기였고, 시골말 캐기 운동에 나섰던 학생들은 일제강점기에 태어나 일본어를 쓰는 것이 당연한 데다 조선말을 쓰지 못하도록 교육받은 세대들이어서 더 그랬다.

그때의 놀라움과 호기심이 사전편찬위원회에 대한 관심으로 이어졌고 한글학회가 주최하는 시민 한글 강좌를 들으러 다니기 시작했다. 그렇게 들락거리다 보니 자연스럽게 한글 운동을 하는 여러 사람들을 만나게 되었고, 친분이 쌓인 다음에는 초등교과서 한

자 병기 반대 시위와 국회 공청회에 따라가기도 했다.

그런데 조선어학회의 사전 편찬을 소재로 원고 작업을 하는 중에 영화 〈말모이〉가 개봉했다. 몇 년의 수고가 아까웠지만 비슷한 이야기를 두 번 반복할 필요는 없다는 생각에 원고를 접을 수밖에 없었다.

다시 이런저런 자료를 찾다가 1947년 조선어학회의《조선말 큰사전》이 나오기 전 사전을 펴낸 문세영 선생을 알게 됐다. 선생은 일본 동양대학에 다닐 때, 조선에는 사전도 없냐는 동기들의 비웃음을 받자 사전 편찬을 결심했다. 학교 교사를 그만두고 전 재산을 팔아 생활비로 쓰며 골방에서 사전 원고를 정리하고 작성해 어휘 조사를 시작한 지 20년이 되던 1938년《조선어사전》을 발간했다. 또 한 번의 충격이었다. 문세영 선생을 연구하는 박용규 박사님에게 자료를 받아 읽고 또 읽었다. 하지만 자료 어디에도 청소년과

접점을 이루는 부분이 없었다. 좋은 소재이지만 포기할 수밖에 없었다.

다시 힘을 내 한글박물관을 방문하고 관련 자료를 찾아 읽었지만 물꼬를 터 줄 이야기를 찾지 못한 채 애만 태웠다. 그러다 배재학당역사박물관에서 배재학당 창립 130주년 특별전시회로 연 '교지로 본 시대상: 젊은 날의 꿈'에 갔던 기억을 떠올렸다. 배재학당은 한글과 국문법의 창시자인 주시경 선생의 모교였고 김소월·나도향 같은 문학가, 여운형과 지청천 같은 독립운동가를 배출한 곳이다. 그 전시회 자료에서 두 해 동안 교지를 발간하지 못했다는 내용을 담은 사진을 발견했다. 왜 그랬을까? 하는 의문이 계속 따라다녔다.

그러던 중 춘천고보의 상록회 사건을 알게 되었다. 춘천고보 졸업생 신영철이 조선어학회 기관지 《한글》의 편집위원인 이석린 선생과 주고받았던 편지가 발각된 일이 도화선이 된 사건이었다. 당시 열여덟 살의 신영철은 조선어학회의 물불 이극로 선생과 한뫼 이윤재 선생에게 소년 주필로 인정받던 인물이었다.

조선어학회에 관련돼 있고 주체적으로 한글 지키기 운동에 참여했던, 이 책의 목적에 딱 맞는 인물이었다. 자연스럽게 신영철과 연결될 수 있는 청소년이 필요했다. 일본어를 쓰는 게 당연한 아이에서 사전 편찬이 갖는 의미를 알게 되면서 자발적으로 그 일에 참여하는 아이로 배재고보 교지 복간을 준비 중인 문예부 부장은 어떨까? 당시 춘천 사람들이 추진하던 경춘선 유치 이야기를 취재하고 사투리 조사를 위해 한글 강습회를 여는 민위는 그렇게 탄생했다.

《말을 캐는 시간》은 조선어학회의 시골말 캐기 운동, 배재고보 문예부의 교지 복간, 춘천고보의 상록회 사건을 중심에 놓고 나머지 대부분은 작가의 상상력으로 채워 나간 이야기다. 교지 복간을 준비하던 배재고보 문예부 학생들이 조선어학회의 사전 편찬 작업을 알게 되면서 방학 동안 시골말 조사 활동을 벌이고 상록회 사건과 연루돼 몰수 위기에 처한 사전 원고(말모이)를 지켜내는 내용 등은 모두 그렇게 만들었다.

식민지 시대를 겪은 대부분의 나라들이 결국 제 나라 말을 잃고 침략자의 언어를 쓰고 있다. 모국어 대신에 에스파냐어, 프랑스어, 영어 등을 쓰는 여러 나라들이 그렇다. 하지만 혹독한 식민 지배를 받으면서도 우리는 조선어사전 편찬에 힘을 모았고 끝내 우리말을 지켜냈다. 그 놀랍고 대단한 일을 온전히 되살리지 못한 건 작가의 역량 부족이다.

사전 편찬에 모든 것을 바쳤던 조선어학회 사전편찬위원회 편찬위원들, 사전 편찬을 독려하고 경제적 지원을 아끼지 않았던 분들, 사전 편찬에 도움이 되기를 소망하며 사투리를 적은 우편을 보냈던 사람들, 시골말 캐기 잡책을 들고 사투리 조사 활동을 벌였던 많은 학생들…. 이 책이 그분들의 노고를 조금이라도 알릴 수 있는 기회가 되기를 바란다.

　끝으로 사전 편찬과 관련된 자료를 바리바리 챙겨 주셨던 한글학회 김한빛나리 선생님, 문세영과 이극로 선생 연구 자료를 기꺼이 보내 주신 이극로박사기념사업회 박용규 박사님, 그리고 함께 고민하고 격려를 아끼지 않은 서해문집 김종훈 편집장과 경기문화재단에 깊은 감사를 전한다.

2021년 4월
윤혜숙